금남로의 잔 다르크

금남로의 잔 다르크

서해문집 청소년문학 037

초판 1쇄 발행 2025년 4월 20일

지은이　박경희
펴낸이　이영선
책임편집　김종훈

편집　이일규 김선정 김문정 김종훈 이민재 이현정
디자인　김희량 위수연
독자본부　김일신 손미경 정혜영 김연수 김민수 박정래 김인환

펴낸곳 서해문집 | 출판등록 1989년 3월 16일(제406-2005-000047호)
주소 경기도 파주시 광인사길 217(파주출판도시)
전화 (031)955-7470 | 팩스 (031)955-7469
홈페이지 www.booksea.co.kr | 이메일 shmj21@hanmail.net

ⓒ박경희, 2025
ISBN 979-11-94413-31-8 43810

서해문집
청소년문학
037

금 남로의 잔 다 리

박경희 소설집

서해문집

| 차례 |

사진
신부의 꿈
•
7

통영의 꽃,
국희
•
39

암탉이
울어야
•
79

금남로의
잔 다르크
•
109

들꽃들의 함성
•
143

작가의 말
•
187

사진 신부의 꿈

여학교 졸업식 날이라 일찍 일어났다. 초봄인데도 영하의 날씨에 바람마저 차다. 나라가 뒤숭숭하니 날씨도 심란하다. 고양이 세수를 하고 멍하니 빛바랜 교복을 바라본다. 만감이 교차한다. 동네에서 여학교를 다니는 아이는 나 혼자였다. 어쩌다 길에서 소학교 동창 창숙을 만나면, 나를 외면했다. 교복 입은 내 모습이 부럽기 때문이라는 걸 잘 안다. 이제 끝이다. 나도 오늘 졸업하면, 더는 교복 입을 일 없다. 그토록 교복 입은 나를 부러워하던 창숙은 얼마 전에 반강제로 혼인했다. 과수원집 노총각과. 나도 교복을 벗으면 중매쟁이들이 가만두지 않을 것이다. 오소소. 소름이 돋는다.
"뭘 그리 꾸물거려. 아버지도 논일 안 나가고 졸업식에 가신다는데."
엄마 말대로 아버지는 한복에 두루마기까지 챙겨 입고 대문 앞에 서 있다. 엄마도 피마자기름으로 머리 손질까지 끝낸 상태다. 아버지의 낡은 달구지를 타고 학교에 도착하니, 학교 운동장이 꽃동네로 변했다. 생화가 아니라, 울긋불긋 조화로 만든 꽃다발을 든 친구들 모습이 낯설다. 단짝인 미희도 알록달록 촌스러운 꽃을 든 채 알은척했다.

"졸업하면 금례 너 보고 싶어서 어쩌냐. 우리 계 모임이라도 만들까."

"미희야, 난 어떡하든 대학에 갈 거야. 너도 같이 대학 가자. 경성에 있는 대학."

나의 말에 미희는 눈을 껌뻑이며 타이르듯 말했다.

"네 헛바람은 언제 빠지냐. 대구 바닥에서 대학 가는 여학생 봤냐? 꿈 깨라."

"그래서 더 가고 싶단 말이야. 넌 꼭 그렇게 정곡을 찌르는 말만 할 거니?"

미희가 무슨 말인가 또 하려는데, 강당에서 확성기 소리가 윙윙댔다.

"졸업생 여러분과 학부모님은 강당으로 모여 주시기를 바랍니다."

강당은 1년 중 최고로 잘 꾸며 화려하다 못해 유치할 정도다. 마을 유지라고 거들먹거리는 어른들은 죄다 초대 손님석에 앉았다. 길고 지루한 내빈 인사가 끝나자, 재학생 송사가 이어졌다. 졸업생 대표가 슬픈 목소리로 답사를 하자, 강당 안은 눈물바다가 되었다. 난 눈물을 흘리지 않았다. 눈물은 무기다. 절대로 아무 때나 흘려서는 안 된다.

"얼른 나가서 짜장면이나 한 그릇 먹고 가자. 송아지 밥도 챙겨야 하니까."

식이 끝나자마자 아버지가 다그쳤다. 나는 이때다 싶었다. 집보다는 밖에서 아버지를 설득하는 편이 훨씬 수월할 듯싶었다.

읍내에 하나밖에 없는 중국집은 발 디딜 틈이 없었다. 다행히 화장실 문 앞에 자리가 있었다. 미리 준비해 놓았는지 금세 시키면 짜장면이 나왔다. 엄마와 아버지는 생전 처음 짜장면을 구경하는 촌 노인처럼 게걸스럽게 흡입했다. 하지만 나는 후루룩 먹을 수 없었다. 기회를 엿보는 것이 우선이었다. 마침, 노란 다꽝(단무지)을 입으로 가져가던 아버지와 눈이 마주쳤다. 아버지는 내 짜장면 그릇을 유심히 살펴보며 말했다.

"왜 안 먹냐? 이 귀한 음식을…."

나는 침을 꼴깍 삼켰다. 두 주먹을 불끈 쥐며 말했다.

"아버지! 저 대학 보내 주세요. 입학금만 대 주면…. 제가 입주 과외를 해서라도 졸업할게요."

아버지는 호떡집에 불난 것처럼 벌건 얼굴로 호통을 쳤다.

"이 가시나가 정신이 나갔나. 니 여학교 졸업시키느라고 아비가 얼마나 똥줄이 탄 줄 몰라! 오빠도 대학 못 보냈는데, 가시나가 엉덩이에 뿔이 나서…."

속은 부들부들 떨렸지만 여기서 끝낼 수는 없었다.

"제가 여학교에서 배운 건, 이젠 여자도 목소리를 내야 하는 세상이 도래한다는 겁니다. 저는 창숙이처럼 소 팔려 가듯 혼인해서 살고 싶지 않습니다."

단호했다. 졸업을 앞두고 속으로 얼마나 많이 생각한 일인지 모른다. 무엇보다 주말에 아버지 몰래 언덕 위 교회 미국 선교사에게 들은 말이 힘이 되었다. 공부할 뜻만 있으면, 미국 유학도 공짜로 갈 수 있는 세상이라고 했다. 나는 그 길을 가고 싶었다.

화가 난 아버지는 휙 일어나 두루마기를 걸치고, 밖으로 나갔다. 엄마와 나는 엉거주춤 아버지 뒤를 따라 달구지 쪽으로 걸었다. 학교 정문 앞에 세워 놓은 달구지에 올라타며 생각했다.

'이대로 공부는 끝인가! 선교사님이라면 무슨 방법이 있지 않을까?'

아버지는 집에 올 때까지 마른기침만 할 뿐, 전혀 모르는 사람처럼 대했다. 나 대신 죄인처럼 절쩔매는 엄마가 안쓰러웠다.

"조신하게 살림이나 배워. 망아지처럼 쳐 돌아치지 말고. 신부 수업 잘하는 것도 공부야!"

달구지에서 내리는 나를 향해 아버지가 다짐이라도 받을 태세로 말했다. 나는 꿀 먹은 벙어리처럼 아무 대꾸도 하지 않고 먼 산만 바라보았다.

"가시나야! 알았다고 대답해."

엄마는 아버지 눈치를 보며 내 어깨를 툭툭 쳤다. 그럴 수 없었다. 나는 이 좁은 대구 땅에만 머물며 살지 않을 테다. 주먹을 불끈 쥐었다.

잽싸게 작업복으로 갈아입은 아버지가 외양간으로 가는 모습을 보자마자, 언덕 위 교회로 달렸다. 선교사님만이 나의 동아줄이었다. 사택에 머무는 걸 알기에 대문을 힘차게 두드렸다. 감감무소식이었다. 맥없이 집으로 돌아오다 돌부리에 걸려 넘어졌다.

다음 날에도 아버지가 일 나간 틈을 타 선교사님을 찾았다.

"선교사님이 몸이 안 좋아 고국으로 돌아가셨는데, 무슨 일?"

한참 후, 사찰(교회 관리자) 아저씨가 나와 들려준 말은 충격이었다. 앞이 캄캄했다. 동네 어귀에 있는 늙은 나무까지 달리기 선수처럼 내달렸다.

"나무 할아버지. 저 대처에 나가 공부하고 싶어요. 도와주세요."

사람에게 털어놓을 수 없는 하소연을 마구 쏟아냈다. 늙은 나무는 위로라도 하듯, 마른 나뭇가지를 흔들었다. 오래된 나무라 구멍마다 새들이 둥지를 튼 게 보였다.

'새들도 저렇게 자기가 살고 싶은 곳을 찾아 둥지를 트는데…. 나도 새 세상을 찾아 날아가고 싶다고요.'

실성한 사람처럼 혼자 중얼거리며 집으로 돌아왔는데, 집 안이 장마당이었다. 우리 집 단골, 보따리 장수가 왕림하신 것이다. 구멍가게조차 없는 동네라 '방울 장수'라 일컫는 아주머니의 방문은 언제나 대환영이었다. 아주머니가 펼쳐 놓은 보따리 속은 만물상이다. 속옷은 물론 참빗이며 색경(거울), 오색 사탕 등 없는 게 없다. 엄마는 물론 마을 사람들이 방울 장수를 기다리는 이유는 또 있다. 소식통이기 때문이다. 이 마을 저 마을 다니며 얻은 정보가 어마어마했다.

엄마는 아예 쌀 포대를 갖다 놓고 물건을 고르는 중이었다. 난 별로 관심이 가는 물건이 없다. 그런데 언니는 달랐다. 머리핀이며 색경 등을 손에서 놓을 줄 몰랐다. 엄마 앞에 슬그머니 사고 싶은 물건을 내놓자, 방울 장수 아주머니가 호들갑을 떨었다.

"역시 이 집 맏딸이 최고라니까. 자기 몸 가꿀 줄도 알고. 남자들이 줄줄 따르겠어."

아주머니는 엄마가 쌀을 한 됫박씩 퍼 줄 때마다 입에 침이 마르도록 칭찬했다.

"아, 참! 이 사진 한번 보셔! 지상 천국 하와이에서 온 사진인데…. 영양의 권 씨 집안 아들인데, 하와이 가서 돈 많이 벌었다네. 요즘 사진만 보고 하와이까지 가는 신부들이 많다는 건 알고 있죠?"

방울 장수 아주머니가 중매쟁이로 변신하는 순간이다. 엄마는 희소식이라는 듯 사진을 뚫어지게 바라본 뒤 언니에게 슬쩍 건넸다.

"사람이 성실해 보이네. 나이 차도 적당하고. 돈도 많이 벌었다니, 농사짓는 남자보다 낫겠네."

언니는 슬쩍 사진을 보더니, 맘에 안 드는지 발끈해서 밖으로 나갔다.

'하와이라고? 그럼 미국이네? 미국 가면 공부 실컷 할 수 있다잖아.'

하늘에서 뚝 떨어진 동아줄 같았다. 결혼 따위는 염두에 없었다. 미국에만 가면 무슨 일이든 할 수 있을 것 같았다. 알 수 없는 용기에 과감하게 나섰다.

"아줌마, 언니 대신 제가 하와이 갈게요."

엄마의 얼굴이 사색이 되었다. 방울 장수 아주머니는 새 물꼬를 만난 듯, 얼굴에 화색이 돌았다.

"둘째 딸이 화끈하구먼. 사진도 안 보고 하와이 가겠다니. 읍내 여학교 다니더니 서양 문물을 제대로 배운 것 같네."

아주머니는 사진을 내 앞으로 밀며 칭찬인지 욕인지 모를 말을 뱉었다.

"해 지기 전에 다른 집도 들러야 하잖아요?"

쌀 포대를 챙기며 하는 엄마 말에 아주머니는 보따리를 싸기 시작했다. 괴나리봇짐을 짊어진 아주머니는 대문을 나서며 심각한 표정으로 말했다.

"며칠 후 올 테니 색시 사진 좀 준비해 놔! 내가 영양 권 씨네 가서 좋은 소식 전할 테니까."

저녁 밥상에서 엄마가 조심스럽게 사진을 아버지에게 보이며 말했다.

"너는 언니 제치고 먼저 혼인하겠다는 거냐?"

"언니가 싫다고 했어요. 전 하와이 가서 살고 싶어요. 이 촌구석에서 썩고 싶지 않다고요."

"서양 귀신들이 설쳐 대더니. 내 딸마저 망둥이처럼 설쳐 댈 줄 누가 알았나."

아버지는 크게 상심한 듯, 한 수저도 뜨지 않고 잠자리에 들었다.

일은 일사천리로 진행되었다. 졸업식에서 찍은 사진을 방울 장수 아주머니가 권 씨 집에 전했고, 그 사진은 하와이에 있는 권도인이라는 남자에게 전해졌다.

나는 '사진 신부'라는 희한한 이름으로 배를 탔다. 꽃다운 나이 열아홉이었다.

일단 일본 고베까지 가서 호놀룰루행 배로 갈아탔다. 나는 멀미가 심해 배에 오르자마자 구석에 쪼그리고 앉아 잠을 청했다.

그런데 누군가 훌쩍이고, 말리는 사람들 소리에 고개를 들었다. 내 또래쯤 되는 한복 입은 여자가 양손에 보따리를 든 채 울고 있었다. 그러자 친구인 듯한 여자가 타이르듯 말했다.

"가시나 울긴 왜 우니. 난 신이 난다! 뜨거운 태양 아래서 뼈 빠지게 풀 뽑고 논일하며 살고 싶니? 하와이에서 돈 많이 번 사내가 우릴 기다리고 있다잖아! 우린 지금 지상 낙원을 향해 가는 거다."

여자의 말이 끝나자, 훌쩍이던 여자가 기어들어 가는 목소리로 말했다.

"언니, 그래도 사진만 보고 혼인한다는 게 말이 되나요. 더군다나 열 살이나 위인 남자만 믿고 배를 탔다는 게 미친 짓 아닌가요."

속이 울렁거려서 더는 이야기를 듣지 못했지만, 뻔했다. 나는 화장실을 찾아가며 중얼거렸다.

"이미 배는 떠났는데 울면 뭐 하나! 지금부터 닥칠 인생 야무지게 펼치는 게 최고지."

화장실이라고는 하지만 시퍼런 바닷물이 보이는 간이 시설이었다. 다행히 사람들이 보이지 않아 쓴물까지 토하고 나왔더니, 좀 살 만했다.

생전 처음 집 밖을 나와서 본 세상은 요지경이었다. 대나무처럼 큰 키, 하얀 분가루를 바른 듯한 피부에 인형처럼 눈이 큰 남자를 보니 선교사 생각이 났다. 손이며 눈, 입술까지 숯검정을 바른 듯한 흑인 남자는 처음이었다. 흑백의 남자 둘이 여유롭게 뭔가를 연신 마시고 있는 모습이 경이로웠다. 잔 속에 든 액체가 맥주라는 사실을 안 것은 저녁 식사 시간이었다.

"빵이며 버터는 얼마든지 더 먹어도 됩니다. 커피도 마찬가지고요. 맥주 한 잔씩 드셔도 좋고요. 하와이에 가시면 커피와 맥주를 물처럼 마시게 될 겁니다."

나를 비롯해 열 명 정도의 사진 신부를 인솔하는 남자가 하는 말을 들으니, 호기심이 생겼다. 나는 시커먼 커피보다 맥주가 낫겠다 싶어 마시다 기겁했다. 찝찌름한 것이 완전히 오줌 맛이었다. 다른 음식들은 그런대로 입맛에 맞았다. 하얀 쌀밥이 최고인 줄 알고 산 내게, 버터 발라 먹는 빵 맛은 별세계였다. 미국 사람이라도 된 듯, 자연스럽게 빵과 버터를 즐기는 나를 다른 사진 신부들이 흘끔거렸다.

낯선 배에서의 경험은 용기를 심어 주었다. 코쟁이들 말을 간간이 알아들을 수 있을 때, 희열을 느꼈다. 밥을 먹고 나면 자유 시간이었다. 나는 구석에 앉아 소중히 간직한 낡은 영어 사전을 뒤졌다. 옷 보따리 속에 넣어 온 실용 영어 회화책도 꺼냈다. 밤새워 가며 공부한 흔적이 묻어 있는 책이라 든든했다.

'하와이에 가서도 틈틈이 공부해야지. 꼭 대학에 가고 말 테야.'

밥만 먹고 나면, 책을 보며 망망대해를 건넜다.

'권도인 씨는 어떤 사람일까?'

생각에 잠겨 있는데, 곧 배가 호놀룰루항에 도착한다고 했다. 집 떠난 지 두 달 만에 완전히 다른 세상에 도착했다. 고향에서 열아홉 해를 살아온 세상보다 배 위에서 산 두 달 동안 더 많은 것을 보고 듣고 배운 것 같았다. 가슴이 벅찼다. 일행들이 짐 보따리를 들고 인솔자를 따랐다. 사진 신부들 얼굴이 석고상처럼 굳어 있었다. 다시 돌아갈 수 없는 길이기에 더욱 절박했다.

복잡한 입국 절차를 마치고 항구 밖으로 나오자, 남자들이 팻말을 들고 서 있었다. 인솔자가 이름을 불러서 짝을 맞추면 각기 헤어졌다. 놀라운 것은 남자들 대부분 나이가 들어 보인다는 점이었다. 고향에 두고 온 아버지만큼 늙어 보이는 남자도 있었다. 나이 든 남자를 따라가는 사진 신부들의 얼굴이 사색이 되었다. 남의 일 같지 않았다.

낯선 곳에 유성처럼 뚝 떨어진 것 같았다. 심호흡을 한 뒤, 주위를 살피는데 '권도인'이라는 팻말을 든 남자가 다가왔다.

"이금례 씨 맞죠?"

"네. 이금례입니다."

"권도인입니다. 먼 길 오시느라 욕보셨습니다."

인솔자는 둘이 만나는 장면을 본 뒤, 떠났다. 오직 두 사람. 그와 나만 서 있었다. 어색해서 괜히 하늘을 올려다보았다. 쨍하고 내리쬐는 햇살에 눈을 찌푸리는데, 가만히 날 바라보던 그와 눈이 마주쳤다. 나보다 여섯 살 위라는 것을 고려하면, 그다지 나이 들어 보이진 않았다. 다행이었다. 고향 오빠처럼 적당한 키에 선한 눈빛을 한, 푸근한 인상이었다.

"어서 차에 탑시다."

자동차 안에 흐르는 정적이 그다지 낯설지 않았다. 그 또한 편안한 얼굴로 운전에 몰입했다. 나는 창밖을 유심히 내다보았다. 이파리 넓은 야자나무가 지천이었다. 거리를 지나는 사람들의 피부

색도 다양했다. 자동차도 많고 높은 건물도 간혹 눈에 띄었다. 고향 대구와는 확연히 달랐다. 낯선 땅에 머물게 되었다는 게 실감 났다.

"여기가 내가 사는 거처입니다."

그가 자동차에서 짐을 옮기는 동안, 나는 주위를 둘러보았다. 그가 왜 '집'이 아닌 '거처'라고 했는지 알 것 같았다. 두 사람이 들어가면 꽉 찰 듯 좁은 공간에 들어서는 순간, 숨이 막힐 것 같았다. 거실 겸 주방에 놓인 식기는 물론 냄새나는 작업복 등, 어디로 보아도 가난의 냄새가 진동했다.

"누추해서 죄송합니다. 하와이 이민자들 삶이 이렇게 비루합니다."

그의 말이 귀에 들어오지 않았다. 방울 장수 아주머니는 분명히 '돈 많이 벌어 놓은 남자'라 했다. 그 돈은 다 어디에 있는 걸까. 뭔가 속은 느낌에 말문이 막혔다.

'여기서 어찌 대학을 간단 말인가!'

'희망'이라는 말이 날 조롱하며 도망치는 것 같았다. 언니의 행복을 훔친 것 같아 미안했던 마음이 사라지는 순간이었다. 언니 대신 '희생'을 택한 것 아닌가! 두렵고 떨렸다.

"여기서 같이 사는 건가요?"

나도 모르게 속말을 뱉고 말았다.

"중매쟁이가 뭐라고 했는지 모르지만, 이게 접니다. 한 가지 분명한 것은, 내가 당신을 굶기지는 않을 겁니다. 저도 하와이 이민만 오면 저절로 부자가 되는 줄 알았습니다. 이민 오기 위해 진 빚 털어 낸 지 얼마 되지 않습니다. 가난한 나라에서 온 노동자가 받는 대우는 노예나 마찬가집니다. 그래도 이제 전 빚이 없다는 것만 알아주세요."

하와이 이민을 낭만적으로만 생각한 것 같았다. 지상 낙원을 꿈꾸며 온 것은 아니지만, 하와이 상황은 상상보다 훨씬 더 열악해 보였다.

"피곤할 텐데, 오늘은 좀 쉬세요. 난 일하는 농장에서 자도 됩니다."

남자는 이 말만 남겨 놓고 밖으로 나가 버렸다. 외모는 유순해 보였지만, 꽤 괄괄한 성격인 듯싶었다. 자존심에 상처를 입은 건 둘 다 마찬가지였다.

그는 밤새 돌아오지 않았다. 밤을 하얗게 새웠다. 다시 고향으로 돌아가려면, 뱃삯이며 인솔 비용 등이 만만치 않았다. 대구에서는 조촐하게나마 혼인 잔치를 치르고 떠난 처지다. 소박맞고 돌아온 여자가 될 수는 없는 것 아닌가!

간신히 씻고 자리에 누우려는 순간, 간이 식탁 위 유리 받침 아래 놓인 사진이 보였다. 졸업식 때 찍은 내 사진이었다. 하얀 도화지에 내 사진을 붙인 뒤, 그 밑에 무슨 말인가를 써 놓았다. 호기심에 유심히 들여다보았다.

이금례! 사랑 안에서 아름다운 가정을 이루게 하소서!

얼굴이 화끈거렸다. 멀고 먼 땅까지 온 이유를 각인시키는 문구였다. 자리에 누웠지만 잠이 오지 않아 뒤척거리다 보니 먼동이 떠올랐다.
저벅저벅. 발걸음 소리가 들렸다. 용수철 튕기듯 자리에서 벌떡 일어났다. 옷매무시를 가다듬고 앉았다. 그가 문을 열고 들어왔다. 하룻밤 사이에 10년은 더 늙어 보였다. 눈빛도 흐리고 얼굴빛도 칙칙했다.
"미안합니다. 나도 어찌해야 할지 몰랐습니다. 당신 편해지라고 나갔던 것입니다."
"아니에요. 저도 미안해요."
무엇이 미안한지 모르지만 사과해야만 할 것 같았다.
"우리 같이 노력해 봅시다. 힘들긴 하지만 열심히 살면 분명 잘 살게 될 겁니다. 나를 믿어 주시오."
그는 간단하게 먹을 수 있는 빵과 커피를 준비했다. 접시가 얼마나 낡았는지, 배 위에서 본 그릇이 생각났다. 탐이 날 정도로 잔잔한 꽃 그림이 예쁜 접시였다. 언젠가는 똑같은 접시를 사리라 다짐했다. 처음 본 남자 앞에서. 엉뚱하게도.
"커피 말고 오렌지 주스도 있습니다. 맘대로 들어요."
그가 배려심이 깊다는 생각이 들었다. 빵에 버터를 발라 한 입

먹으려는 순간, 그가 입을 열었다.

"난 열여섯 살에 이민을 왔습니다. 카우아이섬 콜로아라는 곳에서 처음 일을 시작했습니다. 4년 넘게 사탕수수밭에서 일을 했지만, 돈은 모을 수 없었습니다. 주급으로 받은 돈은 이민 올 때 진 빚 갚아야 했고, 최소한의 생활을 하고 나면 저축할 돈은 없었습니다. 안 되겠다 싶어 호놀룰루로 옮겼고, 지금은 가구점 점원으로 일하고 있습니다. 부업으로 퇴근 후 오렌지 농장에서 상품 정리하는 일도 하고요."

"중매쟁이 아줌마가 하와이에 가면 무엇이든 할 수 있다고 했어요. 난 대학에 가고 싶다는 희망으로 여기까지 왔어요. 그런데 왠지 대학과는 거리가 먼 곳으로 온 느낌이네요."

마음 밭을 뒤집어 보이듯 솔직히 말했다. 그래야 혼란스러운 마음을 다잡을 수 있을 것 같았다. 속내를 털어놓는 순간, 울컥 목이 멨다.

"당신 눈빛을 보는 순간, 얼마나 실망했는지 알아챘습니다. 정말 미안합니다. 그러나 이곳은 열린 땅임엔 틀림없습니다. 조금만 참고 기다려 줄 수 있겠습니까?"

그가 손수건을 건네며 하는 말에 고개를 끄덕였다. 소리 없이 흐르는 눈물을 닦는데, 그가 다가와 살며시 어깨를 감싸안았다. 그토록 비좁고 삭막하던 공간이 넓은 운동장처럼 느껴졌다.

그날 이후, 수시로 마음을 가다듬었다.

"내가 선택한 삶! 후회하지 않도록. 하와이의 모든 삶을 기회로 만들자."

구호처럼 이 말을 외치면, 거센 파도가 잔잔해지는 느낌이었다.

정신없이 일주일이 지났다. 피아노 조율하듯 남편과 나는 서로를 이해하려 애썼다. 차츰 그를 '남편'이라는 호칭으로 부르는 것이 자연스러웠다.

주말을 하루 앞둔 저녁, 식탁에서 그가 넌지시 말했다.

"내가 하와이에 정착한 지 꽤 되었습니다. 노예처럼 일만 하는 삶이 힘들었지만, 동지들이 있어 견딜 수 있었죠. 내일 저녁에 이웃들 불러 음식 대접이라도 하고 싶습니다. 그래야 당신도 빨리 적응할 테고…. 구경도 할 겸 같이 마트에 갑시다."

생전 처음 접한 마트에서 나는 얼어붙고 말았다. 전 세계 모든 식자재가 다 모인 것 같았다. 심지어 배추며 무까지 눈에 띄었다. 그러나 그는 파스타나 샐러드 등 미국식 식자재 위주로 샀다.

막사 같은 집으로 돌아와 식자재를 챙기고, 채소 다듬는 일은 그가 했다. 능숙한 솜씨에 입이 다물어지지 않았다. 놀란 표정으로 바라보는 나를 향해 그가 말했다.

"내일 음식 준비도 내가 할 테니 걱정하지 마세요."

하와이행 배를 타기 전, 친정엄마가 전수해 준 요리 솜씨는 별 쓸모가 없어 보였다.

주말 저녁, 세 쌍의 부부가 선물을 들고 찾아왔다. 방에 모두 앉을 수 없어, 문밖에 간이용 식탁을 놓고 모였다. 파스타와 샌드위치 등 간단한 음식을 먹으며 담소를 나누었다.

대부분 사진 신부로 맺어진 인연이었다. 열악한 사정도 비슷하고, 향수병을 소화제처럼 달고 사는 것도 같았다. 이방인의 정으로 똘똘 뭉친 사람들이란 인상이 강하게 들었다. 차까지 마시고 끝내려는데, 마지막 손님이 들어왔다. 남편보다 연식이 높아 보이는 남자와 앳된 신부였다.

"잔업 하느라 퇴근이 늦었어요. 인사라도 하려고 왔어요. 비누 사 왔어요. 비누 거품처럼 앞으로 풍성하게 사시라고요."

털털한 인상처럼 구수한 말투에 친근감이 들었다. 그런데 함께 온 신부는 부끄러운지 고개를 들지 못했다.

"참, 저희 집사람도 온 지 얼마 안 됐어요. 인사해요. 서로."

"반가워요. 서로 형제자매처럼 잘 지내요."

사람들이 한목소리로 말해도 신부는 살포시 미소만 지을 뿐 별 말이 없었다. 나는 그녀를 어디선가 본 듯했다. 동창인가 싶어서 유심히 살폈다.

'아, 배에서 흐느껴 울던 여자?'

"저, 혹시 다른 친구분이랑 같이 오지 않으셨어요?"

긴가민가해서 조심스럽게 물었더니, 수줍어하던 그녀가 활짝 웃으며 말했다.

"두 달 전 호놀룰루행 배 타셨어요? 동네 언니한테 하소연하며 많이 울었는데…. 절 봤어요? 놀랍네요."

 고향 친구를 만난 것처럼 반가웠다. 한편으로는 가슴이 짠하기도 했다. 곁에 있는 남자가 아버지처럼 나이 들어 보이니, 그녀 역시 속앓이를 좀 했겠다 싶었다.

 남은 음식이라곤 샌드위치 몇 조각밖에 없어 그걸 챙겨 주었더니 맛있게 먹었다. 그녀는 입에 가득 샌드위치를 넣은 채, 눈으로 웃었다. 운명적인 만남이었다.

 나는 여학교에서 배운 '운명은 스스로 개척하는 것'이라는 말을 믿었다. 그런 의미에서 이름부터 바꿨다. 마침, 영주권을 받게 되었다. 영문으로 된 '이희경'이라는 이름을 보며 조용히 외쳤다.

 '나는 이희경이다. 모든 것의 모든 것을 새롭게 시작하자.'

 남편은 먼동이 트기 전에 나가 부업까지 하고 오느라 밤늦게야 들어왔다. 늦은 저녁을 먹는 자리에서 그가 말했다.

 "밖에 나오면 모두가 애국자가 된다는 말은 진리입니다. 콜로아에서 일하며 뼈저리게 느꼈소. 일본 노동자보다도 더 하대받는 우리 동포들. 약소국의 비애였죠. 그때 안중근 열사 의거 소식을 들었습니다. 동포들끼리 의연금을 모으기로 했죠. 그 돈으로 '대동위인 안중근 전'을 편찬했습니다."

 남편은 그때부터 대한인국민회 회장직을 맡았다고 했다. 평범한 그를 투사로 만든 것은 노예가 아닌 사람으로 살기 위한 몸부림이었을 게다. 하와이에 온 지 얼마 되지 않았지만, 남편의 마음을 충분히 이해할 수 있었다.

"저도 일할게요. 세탁소에서 허드렛일 받아서 해도 식비 정도는 감당할 수 있을 것 같아요."

"공부하러 온 사람에게 막노동을 시켜 미안합니다."

"당신이 기회의 땅이라 했잖아요. 꿈은 포기하지 않으면 이룬다고 배웠어요."

나라와 민족을 생각하며 성실히 일하는 남편과 함께라면, 두려울 이유가 없었다.

세탁소 일은 생각보다 쉽지 않았다. 기계로 세탁할 수 없는 옷이나 커튼 등을 일일이 손빨래하는 일은 체력 소모가 엄청났다. 임신까지 한 몸이라 더 힘들었다.

그런데도 나는, 빵 대신 밥이 그립다는 남편의 말에 아침마다 쌀밥을 했다. 작은 항아리에 '성미'를 모았다. 한 줌의 쌀. 적지만 큰 희망이었다. 떠나온 고국에 대한 마음을 모으는 셈이었다. 바다 내음에 실려 오는 고국 소식은 눈물겨웠다. 식민지에서 사는 동포들을 위해 작은 성금이라도 내놓고 싶었다. 남편을 만나 살면서 가장 먼저 배운 것은 '애국심'이었다. 남편은 주말마다 동지들을 만나 구체적으로 도울 방안을 모색하곤 했다.

"상해 임시정부에도 기부금을 보내고 싶습니다. 아이가 태어나면 더 힘들 테지만, 그래도 우린 주급이라도 받으며 살지 않습니까."

어느 날 저녁, 남편의 말에 나도 쌈짓돈을 내놓았다.

"그동안 모은 성미 판 돈과 제가 세탁소에서 받은 돈 일부예요."

"고맙습니다. 나라가 살아야 내가 살 수 있다는 말이 이토록 절절하게 와닿은 적이 없습니다. 우리 아이에게는 부끄러운 조국이 아니었으면 좋겠습니다."

그날 밤, 남편과 나는 두 손을 모은 채 태극기를 바라보며 묵언으로 기원했다. 가난하지만 풍성한 나날이었다. 시간이 지나면서 남편은 더 바빠졌고, 찾는 사람도 많았다. 가구 수습공으로 일하고 농장 부업까지 다녀온 뒤에도 남편은 잠을 자지 못했다. 지하실에 내려가 밤새 무엇인가를 만들었다. 탁상이며 의자 등 자신만의 작품을 만드는 예술가처럼 몰입했다.

그 사이 첫 아이와 둘째 아이가 태어났다. 일과 육아, 남편 내조까지. 1인 3역을 하다 보니, 꿈은 아예 생각조차 못 했다. 그러나 불행하지 않았다. 오히려 성미를 모으고 간간이 기부금을 내놓으면서 또 다른 꿈을 꾸게 되었다.

'나 하나의 작은 힘만으로는 너무 부족해. 하와이 사진 신부로 온 여성들의 힘과 마음을 모아야겠어.'

배 위에서 울던 미숙 언니와는 친자매 이상으로 가깝게 지냈다. 같은 세탁소에서 일을 맡아 하는지라 많은 것을 공유했다. 언니는 아이가 생기지 않아 애를 끓였다.

"남편이 나보다 스무 살이나 많아서 그런가 봐. 중매쟁이는 분명 열 살 차이라고 했는데…. 속았지만 어쩌겠어. 착한 사람이야. 아이가 생기지 않는 것이 자기 탓인 것 같다고…. 미안하다는 말을 달고 살아. 하지만 술을 너무 많이 마시는 게 안타까워. 내가 보기에 이미 중독자 같아."

언니는 이제 배 위에서 본 앳된 소녀가 아니었다. 두 살밖에 차이가 나지 않는 언니는 연륜이 꽤 있어 보이는 아낙네 모습이었다. 미숙 언니가 지친 모습으로 날 찾을 때마다, 고향 별식인 김치전을 후딱 만들어 냈다.

"언니, 아이가 예쁘긴 하지만 육체적으로 너무 힘들어요. 난 언니의 자유가 부러워요."

일부러 농담처럼 위로했다. 김치전을 맛있게 먹는 언니에게 조심스럽게 물었다.

"조국이 바람 앞의 등잔불처럼 위태로운 것 같아요. 하와이 이민 온 여성들끼리 연대를 조직해 보면 어떨까 싶어요."

"역시 희경 씨는 다르다. 여학교 다닌 사람이라 그런가? 그 바쁜 와중에 조국을 생각하다니. 나 같은 무지렁이가 뭘 도울 수 있을까?"

의외로 언니가 적극적으로 나섰다. 가슴 깊은 곳에서부터 불끈 힘이 솟았다.

"한 사람에게 1달러는 적지만, 열 사람이 모으면 10달러죠. 상해 임시정부 독립투사 가족이 밥을 굶는다잖아요. 밥 한 끼 값 보탠다는 마음으로 시작하자고요."

 진심이었다. 힘없는 나라를 찾겠다고 허허벌판에서 동분서주하는 투사들의 삶을, 남편에게 들을 때마다 온몸이 욱신거렸다. 그 땅에서 부모님과 내 형제자매가 배곯으며 살 생각을 하면 잠이 오지 않았다. 새삼 언니 밥그릇을 내가 빼앗은 것 같은 자괴감이 들기도 했다. 아마도 미숙 언니도 똑같은 심정이었던 것 같다. 비록 나이 많고 술독에 빠진 남자와 살아도, 배불리 먹을 수 있는 삶이니까.

 "시작은 미약하나 나중은 창대하리라는 말이 딱 맞네. 한인 교회에 나가서 많이 알릴게."

 미숙 언니와 나는 다니는 교회가 달랐다. 이민 온 사람들에게 한인 교회는 '희망 정거장'이자 '우체통'이었다. 신심보다는 인심을 우선으로 둔 사람들이 모인 곳이라, 여성 연대 소식은 활화산처럼 퍼졌다. 한 줌의 쌀을 모으는 것에서부터 헌 옷과 생활용품을 모아 판 돈을 성금함에 차곡차곡 모아 갔다. 성금함을 보는 것만으로도 동지애가 생기고 정겨웠다.

 사진 신부로 하와이에 온 지도 꽤 되었다. 그동안 꾸준히 여성 연대 활동을 했다. 상해 임시정부에서 가끔 고맙다는 편지가 왔다. 남편과 나는 소처럼 열심히 일했다. 힘들었지만, 통장 잔액을 볼 때마다 뿌듯했다. 그 사이 아이를 더 낳아서 아들 둘과 딸 둘이 되었다. 아이들은 한인 교회를 자기 집처럼 드나들며 놀고 먹고 공부하며 잘 자랐다.

1928년 어느 날, 새로운 삶이 펼쳐졌다. 서른 중후반의 나이가 된 남편은 예나 다름없이 모든 일에 열정적이었다. 신민회 일에도 관여하는 등 끊임없이 나라 걱정을 하면서도, 자기 일도 철저했다.

"이제 내 가게를 차려 볼까 합니다. 4년 전에 받은 가구 특허 제품으로 개인 장사를 하려고요. 통장 다 털어서라도 시작할까 하는데…. 당신 생각은 어떻습니까?"

남편이 물었다. 처음부터 카리스마는 있되, 권위적이지 않은 남편의 모습이 좋았다. 세월이 흐르면서 더 신뢰하게 된 남편 일에 반대할 이유가 없었다.

"좋아요. 난 당신 일이라면 적극 찬성해요."

"고맙습니다. 난 다른 가구점과 똑같은 물건을 팔 생각은 없어요. 내가 특허받은 제품, 당신도 잘 알죠. 그 제품으로 승부를 걸어 볼까 합니다."

남편이 특허를 얻은 제품은 탁월했다. 사계절 내내 더운 곳. 언제나 후텁지근한 바람으로 목욕해야 하는 사람들에게 딱 맞는 신비의 상품! 대나무로 만든 커튼 겸 블라인드였다.

개업식에 찾아온 이웃들은 마치 자기가 창업한 것처럼 기뻐했다.

처음에는 제법 장사가 잘됐다. 그런데 점점 파리가 날리기 시작했다. 전 세계적으로 불어닥친 '세계 경제공황' 바람을 피할 수 없었다. 모든 돈을 쏟아부은 터라 무일푼이었다. 아이들 학비며 생활비 등 모든 것이 암담했다. 가게를 접고 다시 일용직이라도 나서야 하는 것 아닌가 싶었다.

"하늘은 스스로 돕는 자를 돕는다고 했습니다. 뭔가 방법이 있을 겁니다."

남편과 나의 가장 큰 공통점은 긍정적으로 생각하는 마음가짐이었다. 어떤 고난 앞에서도 징징대거나 포기하지 않았다. 사진 신부로 하와이에 와 얻은 가장 큰 자산이었다.

"커튼에 간단하게나마 그림을 넣으면 어떨까요? 시원한 것만 부각하지 말고, 미적 감각을 충족시켜 주면 훨씬 효과적일 것 같아요."

간간이 평생교육센터에 나가 배운 그림 생각이 났다. 내가 생각해도 기발했다. 기왕이면 다홍치마 아닌가! 코발트색 바다를 그려 시원함을 더했고, 예쁜 꽃 그림을 그려 넣어 환상적인 분위기를 만들었다. 제작비가 조금 더 들었지만, 탁월한 선택이었다.

불황임에도 손님이 차츰 늘기 시작했다. 무엇보다 현지인들의 호응도가 높았다. 점원 수를 배로 늘려야 할 정도로 분주했다. 몸은 고단했지만, 통장에 돈 들어오는 소리에 콧노래가 절로 나왔다. 하와이에 와 처음으로 돈 걱정 없이 살게 된 시기였다.

"돈이라는 건 참 신기한 것 같습니다. 아무리 노력해도 내 편이 안 되어 주더니, 단숨에 이토록 많은 돈이 우리에게 오다니. 이건

기적입니다. 다 당신 덕입니다. 네 아이 키우면서 일도 하고 최고의 내조를 해 준 당신, 고맙습니다."

평소 과묵한 남편이 흥분한 목소리로 말하는 모습이 그저 신기했다. 내게 잔뜩 바람을 집어넣은 뒤, 남편이 한 말은 진정 그다웠다.

"이 돈은 우리끼리 호의호식하라고 준 것은 아닐 것입니다. 고향에서 고생하시는 양가 부모님께도 보내 드리고, 독립운동 기금도 넉넉히 내놓읍시다."

안창호 선생님이 결성한 국민회 일을 맡아 하던 남편은 사업이 번창하면서, 더 적극적으로 후원금 등을 내놓았다. 상해 임시정부가 힘들 때마다 남편은 남편대로, 나는 나대로 봉사하는 단체를 통해 성금을 보냈다. 몸은 멀리 떠나왔지만, 바다 건너 조국을 생각하면 마음이 편치 않았다.

아이들은 미국식 교육을 받으며 건강하게 잘 자랐다. 큰딸이 사춘기에 접어들면서 '대한민국'에 관해 물었다.

"엄마는 왜 대한민국에 한 번도 안 가세요? 나도 할아버지 할머니 얼굴 보고 싶어요. 엄마 아빠가 그토록 많이 응원하는데 왜 독립을 못 하는 거예요?"

아이의 느닷없는 질문에 말문이 막혔다. 왠지 부끄럽다는 생각이 들었다. 내 자식들 앞에 독립된 조국의 모습을 보여 주고 싶었다. 아이들이 어릴 때, 잠깐 대구에 간 적이 있긴 했다. 배를 타고 가느라 고생했던 기억과 넉넉지 못한 형편이라, 친정 부모님께 초

라한 모습만 보여 드린 것이 못내 가슴 아팠다. 가까운 미래에 본가에 네 아이를 데리고 다녀와야겠다고 생각했다.

　호놀룰루에 가게를 낸 지 10년 만에 미국 샌프란시스코에도 가구점을 냈다. 이민 사회에서는 드문 일이었다. 가맹점을 내기를 원하는 현지인이 생길 정도로 번창했다. 돈이 돈을 번다는 말이 실감 났다.

　나는 일보다는 구제 활동 등에 더 시간을 할애했다. 특히 내가 나서서 만든 '영남 부인 실업동맹회' 일에 매진했다. 동향 사람을 만나면 가슴에 따스한 물이 흐르는 것 같고, 용기가 생겼다. 빼앗긴 고국을 위해 독립운동한다는 생각만으로도 하나가 되었다. 돕는 일은 하와이 이민자들에겐 삶의 기쁨이었다.

　남편도 마찬가지였다. 각종 단체 일을 도맡아 돈을 쓰면서도 '권도인'이란 이름으로 언론 매체에 1만 달러가 넘게 기부금을 냈다.

　1945년 8월 15일, 신민회 사무실에 나갔던 남편에게 전화가 왔다. 하늘을 찌를 듯 들뜬 목소리였다.

　"대한민국 독립이오! 태극기 들고 모두 모입시다."

　가장 먼저 미숙 언니에게 알렸다. 남편이 먼저 하늘나라에 가고 홀로 된 언니에게 잠시나마 기쁨을 주고 싶었다. 손가락에 불이 날 정도로 부인회 등에 전화를 돌리고 거리에 나가자, 이미 태극기 물결이었다. 소리 내어 우는 사람, 춤추는 사람, 애국가를 목청껏 부르는 사람 등 다양했다. 피부색이 다른 사람들도 맥주 등을 제공하며 함께 즐거워해 주었다. 그동안 아낌없이 의연금이며 성금을 모은 보람을 느낀 순간이었다.

조국의 독립은 이민자들의 자긍심이었다. 독립 소식을 접하면서, 마음에 조금씩 바람이 불기 시작했다. 붉은 노을을 바라보고 있노라면, 절로 눈물이 나기도 했다.

'할 일을 다했다는 느낌. 이대로 살다 낯선 땅에서 죽을 것인가! 그토록 열심히 일해서 번 돈, 가치 있게 쓰는 일은 무엇일까?'

나 홀로 생각이 많았다. 남편은 여전히 분주하게 사느라, 내 안의 파도를 감지하지 못했다.

세월은 쏜 화살처럼 빠르게 지나갔다. 어느덧 53세가 되었고, 하와이에 발을 디딘 지 35년이 되었다. 여섯 살 위인 남편 머리에는 밀가루를 뿌려 놓은 듯 흰 꽃이 피었다. 나도 마찬가지였다. 매장 일을 안 한 지 꽤 되었고, 남편과 나는 독립운동 단체 일에 주력했다. 그러면서 남편과 시간 날 때마다 '사진 신부'와 '이민 노동자' 신랑이 찍은 사진을 보며 옛이야기를 나누었다.

"당신 대학 가고 싶어 하와이에 왔는데, 일하고 자식들 키우느라 끝내 꿈을 이루지 못했구려. 미안하오. 난 평생 당신에게 미안한 사람이구려."

남편의 말을 듣는 순간, 지나온 시간이 주마등처럼 스쳤다. 목울대가 울렁거렸다. 서럽거나 후회의 눈물이 아니다. 기적이 아닌 순간이 없었다. 모든 순간 모든 것이 기적이었다. 그러나 마지막 희망은 남아 있었다.

"비록 대학을 정식으로 다니진 못했지만, 나름대로 공부 많이 했어요. 선진국이 좋은 점은 배울 기회가 많다는 거죠. 그동안 평생교육센터에서 다양한 것을 배우며, 삶에 적용했잖아요. 커튼이나 블라인드에 그림 넣을 생각도 그렇게 공부하면서 얻은 영감이고요."

"참 탁월한 생각이었소. 사업 번창도 당신 덕분이오."

남편의 칭찬이 끝나기 전에 오랫동안 품어 온 생각을 전하기로 마음먹었다.

"전 새로운 꿈이 생겼어요. 당신과 함께하고 싶은 일인데…. 꼭 들어주실 거죠?"

내 표정이 너무 진지했는지 남편이 긴장한 얼굴로 바라보았다.

"고향에 가고 싶어요. 독립도 되었고, 비행 횟수도 늘었으니 고국 방문이 좀 더 수월해졌겠죠. 근데 목적을 갖고 가려고요. 기금을 만들어 장학재단을 만들려고요. 나처럼, 공부하고 싶은데 형편이 따라 주지 못한 후배들에게 '물꼬'를 터 주고 싶어요."

"역시 당신은 선지자요. 난 미처 생각 못 한 일이오. 당신 이름으로 장학재단 만드세요. 내가 적극 밀어주겠소."

"우리 다시 대한민국으로 돌아가서 일을 추진하면 어떨까요. 애들도 다 커서 독립했고, 여기서 일도 많이 했잖아요."

남편은 귀환하는 문제는 좀 더 신중하게 생각하자고 했지만, 난 강경했다. 내색은 하지 않았지만, 경제적으로 안정이 되면서 줄곧 생각했던 화두라 양보할 수 없었다.

"고국에 돌아가고 싶어요. 친척, 친지들 곁에서 살고 싶어요. 여고 동창 미희도 만나고 싶어요."

단순한 향수병이 아니었다. 죽기 전에 고국 땅에서 꿈을 펼쳐 보고 싶었다. 열아홉 살에 품었던 꿈의 또 다른 모습이었다.

남편도 끝내 내 뜻을 꺾지 못했다. 당국에 귀환 신청하느라 분주하게 다니는 남편을 보며, 나는 설렘을 감추지 못했다. 그런데 번번이 당국으로부터 거절당했다. 이유는 알 수 없었다. 정치적 견해가 달라서 정권에 미움을 샀기 때문이라는 말이 들려왔다. 우리 부부는 포기하지 않고 서류를 넣었다. 벽에 부딪히니 고국에 더 가고 싶었다. 아니 반드시 가야만 했다.

귀환 문제로 정신없이 지내느라, 몸과 마음이 아팠다. 이명도 끊이지 않고, 불면증 또한 깊었다. 낮과 밤 구분 없이, 약 먹은 사람처럼 몽롱할 때도 많았다.

그래서였을까?

햇살이 내리쬐던 8월, 도로 위를 질주하던 자동차를 보지 못했다. 사고는 찰나였다. 아무런 준비 없이 죽음의 길로 들어섰다. 인생무상이다.

아, 내 조국…. 그리운 조국 땅도 못 밟아 보고 죽다니…. 애통하도다.

예고 없이 하늘길로 떠난 나를 애도하는 소리는 끝없이 이어졌다. 특히 사진 한 장의 인연으로 만나 다복한 가정을 이룬 권도인 씨의 눈물은 절규 그 자체였다. 시간이 약이 되어 주길 빌 뿐. 각자의 길을 가야만 했다.

내가 죽은 후, 권도인 씨는 대구에 있는 나의 모교를 찾아 장학기금을 내놓았다. 죽어서 꿈을 이룬 셈이다.

여학생 시절, 함께 꿈꾸던 미희가 나의 죽음을 접하고 쓴 글을 어디선가 읽었다. 그립다. 친구야. 나를 기억하고 슬퍼해 주어서 고맙다.

친구를 잃은 후 몽중 상봉이라도 하고 싶어라.
제비도 서쪽으로 등지고, 친구도 서편을 넘어가 버렸다.
보이던 얼굴, 들리던 그 음성, 날리던 옷자락 흔적도 없어라.

통영의 꽃, 국희

이 글은 《대한 독립 만세》(서해문집, 2019)에 수록한 〈통영의 꽃, 국희〉를 수정한 것입니다.

빼앗긴 땅에도 봄은 어김없이 찾아왔다. 부산의 산과 들은 봄꽃들의 향연이었다. 법정을 향해 가는 길목도 바람결에 흩날리는 꽃잎들로 장관을 이뤘다. 눈물겹도록 화사한 계절에 푸른 죄수복을 입은 국희가 수갑을 찬 채 칙칙한 회색 건물 안으로 들어섰다.

부산법원 통영 담당

조선총독부 판사 앞에 선 국희의 모습은 패잔병처럼 초췌했다. 단발머리에 화장기 없는 얼굴만 보면, 화사한 등불 아래서 춤추고 노래하던 기생이었다는 사실이 믿어지지 않았다. 그러나 눈빛만은 형형했다.

국희는 통영경찰서에서 워낙 고문을 심하게 받아 심신이 지쳤다. 홍도와 민호 선생 소식을 몰라 전전긍긍하느라 더욱 피폐해진 상태였다. 홍도와는 현장에서 같이 체포됐기에 자주 볼 줄 알았다. 일본 순사들은 끝까지 악랄했다. 야학당 사람들은 물론 홍도와 국희를 철저하게 고립시킨 뒤, 재판장 앞에 세웠다. 공범자끼리 입을 맞출 기회를 주지 않겠다는 의도였다.

구레나룻을 기른 조선총독부 판사는 가만히 있어도 살기가 느껴졌다. 그는 탐색하는 듯한 눈으로 국희를 뚫어져라 살폈다. 잠시 후, 서류를 뒤적이며 단도직입적으로 물었다.

"피고 이국희, 본명 이소선! 왜 기생인 신분에 걸맞지 않게 독립운동을 했나?"

판사의 비열한 질문 앞에서도 국희는 담담했다. 의자를 끌어 등을 붙인 뒤, 꼿꼿한 자세로 판사를 올려다보았다.

"판사님. 제가 여성으로서 본남편과 간통남이 있는데, 어느 남자를 받들어 섬겨야 여자의 도리에 합당하겠습니까?"

국희의 뜻하지 않은 질문에 판사의 얼굴이 벌겋게 변했다. 몹시 당황한 빛이 역력했다.

"물론 본남편을 섬겨야지."

얼떨결에 대답을 한 판사가 눈을 홉뜨고 국희를 노려보았다. 국희는 마음속으로 쾌재를 불렀다. 그러나 최대한 차분한 목소리로 대답했다.

"저의 본남편은 조국입니다. 기생도 나라를 사랑하는 백성입니다. 그래서 목숨 걸고 만세운동에 나섰습니다."

국회의 대답에 방청석이 찬물을 끼얹은 것처럼 조용해졌다. 잠시 후, 웅성거리는 소리가 들림과 동시에 누군가 조심스럽게 박수를 쳤다. 화가 난 판사는 국회에게 더 묻지도 않고 재판을 끝내 버렸다.

<u>피고 이소선, 죄명 보안법 위반, 6개월 징역</u>

경찰도 검사도 판사도 모두 제멋대로였다. 국희는 호송차에 실려 부산감옥으로 송치됐다. 통영에 살 때 그토록 가 보고 싶던 부산을 죄수의 몸으로 오게 될 줄은 상상도 못 했다. 국희는 죄질이 나쁜 흉악범들이 모인 방으로 배정받았다. 이 또한 고립 작전이라는 것을 국희는 누구보다 잘 알았다.

"여기서는 딴생각을 하면 하루하루가 지옥이다. 그저 단순하게 머리를 비우는 훈련을 해라."

일본인 교도관이 어눌한 말로 국희에게 명령했다. 국희는 경찰서에서 고문을 당하면서부터 터득한 게 있다. 일본 순사들 앞에서는 대꾸하지 않는 것이 최선이라는 것을.

감옥에서의 삶은 지루하면서도 고통스러웠다. 간간이 들리는 고문당하는 동지들의 절규 외에 아무 소식도 들을 수 없었다. 망망대해를 홀로 떠다니는 것 같았다. 바람결에 히로토에게 민호 선생이 잡혔다는 소식을 들었다. 그러나 어느 감옥에 갇혔는지는 알 수 없었다. 홍도가 고문 끝에 거짓 자백을 한 것은 아닌지 몹시 궁금했지만, 알 방법이 없었다. 야학당 사람들은 절대 면회조차 시켜 주지 않았다.

감옥에서의 유일한 낙은 운동 시간뿐이었다. 국희는 울타리 속에 숨어 피고 지는 무궁화꽃을 만나는 재미로 살았다. 무궁화는 진딧물이 속살까지 침입해 괴롭혀도 다음 날 운동 시간에 나가 보면, 거짓말처럼 하얀 얼굴로 국희를 맞았다. 질긴 생명력이 놀라웠다. 전혀 예쁘지 않은 꽃이지만 볼수록 정이 갔다. 죽었는가 싶으면 다시 살아나는 꽃. 국희는 자신도 무궁화처럼 다시 피어나길 꿈꿨다.

감옥에서의 6개월은 길고도 짧은 시간이었다. 꽃봉오리가 피어오르는 봄날 경찰서에 들어가 고문을 당하고, 무궁화가 피고 지는 여름에 감옥살이하고, 단풍이 짙게 물드는 가을에 석방 소식을 듣게 됐다.

마중 나올 이 하나 없는 감옥 문을 나서며, 국희는 발밑에 나뒹구는 낙엽과 눈을 마주쳤다. 자신의 처지와 많이 닮았다는 생각이 들었다. 어디로 가야 할지 암담했다. 무심히 하늘을 올려다보았다. 먼 길을 돌아왔다는 생각이 들었다. 그럼에도 다시 혼자가 된 현실이 아프면서도 쓸쓸했다.

정처 없이 낙엽 따라 걷다 보니, 지난 일들이 생생히 떠올랐다. 기방 생활에서부터 만세운동의 주동자로 체포되는 순간까지.

"경성에서 만세운동인가 뭔가 일어났다더니. 통영까지 뒤숭숭한 게 어째 기류가 요상치 않네. 요즘 매상도 팍팍 떨어지고…. 오늘은 주말이니 거물급 손님들 떼거리로 몰려와 왕창 돈주머니 털고 가면 좋을 텐데….'

마담이 기방마다 불을 밝히며 구시렁댔다. 국희는 대문을 열어놓으며 답답한 마음에 통영 거리를 내다보았다.

이미 문 닫은 가게가 즐비한 거리는 유령도시처럼 을씨년스러웠다. 한두 대의 일제 지프만 다닐 뿐, 한산하다 못해 적막감마저 감돌았다. 해가 떨어지면 생선 떨이를 하느라 목청껏 외치던 시장 바닥 장사꾼들의 걸걸한 소리도 들리지 않았다.

왠지 세상이 변한 것 같았다. 국희도 할 수만 있다면 모든 걸 그만두고 싶었다. 하지만 갚아야 할 빚을 생각하면 꼼짝할 수 없는 처지다.

국희는 손님 맞을 준비를 하기 위해 방으로 들어왔다. 언제나처럼 낡은 옷장 서랍부터 열었다. 깊숙이 감춰 둔 주머니를 보물단지 다루듯 조심스럽게 꺼냈다. 주머니를 끌어안자, 가슴이 콩닥거렸다. 한참 후, 주머니에서 물건을 꺼내 보았다. 금비녀 세 개와 꽤 두툼한 금반지를 보며 흐뭇한 미소를 지었다.

'금붙이 어느 정도 더 모을 때까지만 참자. 금비녀 팔아서 집안 빚 갚고 나면, 무슨 수를 써서라도 공부해야지, 민호 선생처럼.'

다시 서랍 깊숙한 곳에 주머니를 감춘 뒤, 쪽거울 앞에서 옅게 화장을 했다. 꽃가루를 말려 만든 향수를 살짝 뿌린 뒤, 비취색 한복을 입었다. 처음과는 달리 이제는 한복 입는 일이 자연스럽게 느껴졌다. 솔직히 말해 거울에 비친 자기 모습을 보며 놀랄 때도 간혹 있긴 하다.

쟁강쟁강.

대문에 걸어 놓은 풍경 소리가 요란스럽게 들렸다. 제복 차림의 히로토 순사부장이 안으로 들어섰다. 뒤이어 샘말에 사는 용포 아재가 능글맞은 미소를 지으며 들어왔다. 밤마다 찾아오는 손님들이다. 전혀 반갑지 않은.

홍도는 히로토의 헛기침 소리가 들리는 순간, 골방에 들어가 숨었다. 할 수 없이 국희가 히로토의 코트를 벗겼다. 그에게서는 늘 갯비린내가 났다.

"오우! 국희. 오늘따라 더 예쁘군. 벚꽃보다 더 곱단 말이야."

히로토는 늘 하던 대로 국희에게 농을 걸었다. 국희는 온몸에 소름이 돋았지만, 억지 미소를 지었다.

"통영의 꽃, 국희의 미모는 죽지 않았죠? 하하."

용포 아재가 양손을 비비며 너스레를 떨었다. 그는 국희와 먼 친척이기도 하고 같은 마을에 살아서 누구보다 서로를 잘 알았다. 용포 아재는 일본 경찰에 나가면서부터 완전 딴사람이 됐다. 누구보다 앞장서서 마을 사람들을 괴롭히고 감시하며, 일본의 앞잡이가 됐다. 국희는 어릴 때 같이 가재잡이며 벼 이삭줍기 등을 하던 용포 아재의 변화가 서러울 만큼 안타까웠다. 히로토를 국희가 일하는 기방으로 안내한 사람도 용포 아재였다.

"어서 오세요. 순사부장 나리. 오늘은 통영 앞바다에서 갓 잡은 농어가 싱싱하고 좋은데…. 곧 올리겠습니다. 국희야, 나리 피곤하실 텐데 어깨부터 좀 주물러 드리지 않고 뭐 하니?"

마담은 온몸을 비틀며 히로토에게 애교를 떨었다. 국희는 그런 마담이 늘 못마땅했다.

국희는 3년 전 아버지의 노름빚과 마을 이장이 대신 내 준 공출미 값을 갚기 위해 기방에 들어왔다. 순진하게도 국희는 기방이 밥하고 빨래만 하는 곳인 줄 알았다. 상상조차 못 했던 일을 해야 한다는 것을 안 순간부터 탈출을 꿈꿨다. 국희의 결심에 도화선이 돼 준 것은 야학당이었다. 처음에는 단순한 호기심으로 야학당 문을 두드렸다. 그곳에서 만난, 일본 유학생이었던 민호 선생은 국희의 삶을 송두리째 바꿔 놓았다.

국희는 히로토가 곁에만 와도 바퀴벌레가 스멀거리는 것처럼 싫었다. 끔찍했지만 내색은 하지 않았다.

"순사부장님은 온몸이 돌덩이처럼 단단하네요. 어깨도 우람하고…. 여자들이 좋아하는 이유를 알겠다니까요. 호호."

마담이 국희 대신 히로토의 어깨를 주무르며 입에 발린 소리를 해댔다. 히로토는 눈을 감은 채, 왕처럼 허세를 부렸다. 술값은 물론 접대비 한 푼도 내지 않는 순사부장 앞에서 온갖 애교를 부리는 마담을 보면, 토할 것 같았다.

'난 이 바닥에서 마담처럼 퇴기로 살지는 않을 테야.'

국희는 속으로 꿍얼대며 히로토 옆에 앉아 있었다.

"어이, 국희! 여기가 군댄가! 왜 이리 뻣뻣한 거야! 그동안 너무 예뻐했더니 자기 분수를 모르는 거 아냐? 제가 무슨 요조숙녀라고…. 정말 술맛 안 나네. 쩝."

히로토가 이마의 팔자 주름을 꿀렁대며 핏대를 올렸다. 마담이 입술을 실룩이며 눈을 부라렸다. 옆에 앉아 있던 용포 아재가 국희의 옷고름을 살살 잡아당기며 눈짓했다.

"뭐 해! 오늘 부장님 힘드셨어. 경성의 만세 바람이 슬슬 통영에도 불어와 뒤숭숭해서 말야. 젠장! 만세운동 좋아하네. 이럴 때 국희 너라도 살랑살랑 기분 좀 맞춰야지 뭐 하는 거야?"

국희는 용포 아재를 말없이 흘겨보았다. 여드름 흉터로 얼룩진 피부가 보는 것만으로도 징그러웠다.

'남의 피 빨아먹는 게 결국 제 무덤 파는 줄 모르고….'

"네가 도끼눈 뜨면 어쩔 건데? 너 야학인가 독서당인가 운영한다는 차민호 새끼 만난다며? 그래서 눈에 뵈는 게 없는 거냐? 조심해라. 아재니까 경고하는 거다."

국희는 소스라치게 놀랐다. 비밀로 숨긴 사실들이 아재의 입에서 술술 흘러나오다니.

'아무리 일본 순사의 발 빠른 앞잡이라 해도 민호 선생이 야학

당 하는 걸 어떻게 알았을까. 내가 야학당에 나가는 건 또?'

국희는 점점 용포 아재가 무서워졌다.

"왜들 이리 시끄러워. 흥 깨지게! 어서 술상 가져오고, 국희 너는 신식 노래 한 곡 멋지게 뽑아 봐!"

히로토가 이글거리는 눈빛으로 명령했다. 마담이 미리 준비해 놓은 술상을 내오자, 양주를 숭늉 마시듯 벌컥, 들이켰다. 얼굴이 불콰해진 히로토가 국희 곁으로 슬금슬금 다가왔다. 고무 인형 만지듯, 아무렇지 않게 국희의 저고리 속으로 손을 집어넣었다. 국희의 안색이 흙빛으로 변해 갔다. 그럴수록 히로토의 끈적거리는 눈빛은 더욱 강렬해졌다. 그의 거친 숨소리가 온 방에 울려 퍼졌다. 급기야 검은 손이 국희의 치마 속으로 돌진해 들어왔다. 얼음장처럼 차가워진 국희는 히로토를 강하게 밀쳐 버렸다. 넋을 놓고 있던 히로토가 뒤로 나자빠졌다.

"그만하세요! 난 순사부장님 노리개가 아니란 말이에요!"

국희가 이를 앙다물며 대들었다. 이 말에 더욱 화가 난 히로토는 엉거주춤 일어나 국희의 따귀를 후려쳤다.

"발칙한 년! 네가 독립투사라도 되는 줄 알아? 넌 오늘 밤 내 노리갯감으로 낙점된 기생이라고. 기생! 잊었어?"

히로토가 독 오른 뱀처럼 국희를 쏘아보았다.

"죄송합니다. 부장님. 제가 대신 사과드리겠습니다. 국희가 어려서부터 '통영의 꽃'이라고 모두 예뻐했더니 기고만장이네요."

용포 아재가 똥 마려운 강아지처럼 설설 기며 용서를 빌었다.

"기고만장? 내가 오늘 밤 기고만장이 어떤 건지 확실히 보여 주지!"

히로토가 비아냥거리며 국희의 눈, 코, 입을 곤봉으로 찔러 가며 톡톡 쳤다.

"기생도 인간입니다. 함부로 치지 마세요!"

국희의 말이 떨어지기 무섭게, 히로토의 발길질이 시작됐다. 순식간에 국희의 몸이 짚단 무너지듯 고꾸라졌다. 국희의 코피가 방바닥에 낭자하게 흘러 비취색 치마까지 빨갛게 물들였다. 국희는 일부러 고개를 들지 않았다. 그가 나갈 때까지 눈을 마주치고 싶지 않기에.

가만히 지켜보고 있던 마담이 국희에게 나가라고 한 뒤, 히로토 앞에 무릎을 꿇고 사죄한 후에야, 아수라장은 정리가 됐다. 그 와중에도 히로토는 얼마 전에 새로 들어온 어린 기생을 불러 먹고, 마시고, 주무르다 돌아갔다.

"국희 너, 지금 얼굴값 하는 거니? 예전에는 손님 비위 잘 맞춰 주고 공손했는데…. 갑자기 왜 그래? 그렇잖아도 손님 끊겨서 속이 타는데…. 히로토를 잘못 건드렸다가는 문 닫아야 한다는 거 몰라? 너, 내 장사 망치려 작정했니?"

마담이 국희를 골방으로 끌고 와 악다구니를 퍼부었다. 국희는 말없이 마담의 욕설을 들었다. 국희가 대꾸하지 않자, 마담은 미친

듯 소리를 질러 댔다. 똑같은 말을 백번도 넘게 반복하며 뜨거운 철판 위에서 콩 볶듯 달달 볶았다. 고문이 따로 없었다. 그러나 국희는 굽히지 않았다.

국희는 스스로도 변한 자신에게 놀랐다. 일본 순사부장에게 반항을 한 자신이 대견하기까지 했다. 야학당 민호 선생의 말이 아니었으면 꿈도 꾸지 못할 일이었다.

"일본에 주권을 빼앗겼다고 해서, 모든 것을 다 잃은 것은 아닙니다. 민초는 살아 있습니다. 결초보은의 풀 '그령'을 보십시오. 아무리 짓밟혀도 절대 죽지 않고 끈질기게 살아나잖습니까. 우리도 질기고 억센 풀, 그령을 닮아야 합니다."

민호 선생의 열변 앞에 국희는 절로 고개를 숙였다. 국희는 처음으로 자신에 대해 생각하게 됐다. 풍비박산이 된 가족을 구하기 위해 기방에 나서긴 했지만, 영혼 없이 살았다는 생각에 부끄러움을 느꼈다.

"넌 내게 진 빚이 많아. 근데 오늘 보면 당장 그만둘 것처럼 행동하던 걸. 얼굴 좀 반반하길래 거금 들여 기생학교에 보내 춤에 창까지 가르쳐 명기 만들었더니. 날 망치려 드네. 그렇게 버릇없이 굴려면 내가 투자한 돈, 다 토해 놓고 나가!"

마담이 핏발이 선 눈으로 엄포를 놓은 뒤, 자기 방으로 돌아갔다.

국희는 기방 문단속을 한 뒤, 쪽마루에 멍하니 앉아 한숨을 내쉬었다. 새벽안개가 뿌옇게 눈 앞을 가렸다. 통영 바닷가에서 풍겨

오는 바다 냄새가 코를 찔렀다. 3월 말인데도 우물가에 핀 살구나무는 꽃봉오리를 터트릴 기미조차 없었다. 꽃들도 살얼음판 같은 세상에 나오기 두려운 것일까?

"국희야, 미안해. 내가 숨는 바람에 너만 당하게 해서…."

밤새 보이지 않던 홍도가 주위를 살피며 다가왔다. 홍도를 보는 순간, 서러움이 폭풍처럼 밀려왔다. 홍도는 국희가 처음 기방에 들어왔을 때부터 살갑게 대해 준 유일한 사람이다. 팔려 온 소처럼 빚에 떠밀려 기방까지 온 자신을 아끼는 홍도를, 국희는 언니처럼 믿고 의지했다.

"국희야, 평양 예기조합 소식 들었니? 수원에 이어 진주에서도 만세운동에 나섰다네. 진주에서는 여섯 명이나 일본 경찰에 잡혀갔대…. 통영 회원들도 오늘 저녁에 연락해서 모이자. 일단 눈 좀 붙여…."

홍도가 화장실에 가다 말고 낮은 소리로 말했다. 국희는 당연히 홍도가 하려는 말이 무엇인지 알고 있다.

"전국 예기조합에서 만세운동에 나선 이야기 들었어. 통영도 이대로 있어서는 안 될 것 같아. 민초의 힘을 보여 줘야지."

국희는 골방으로 들어와 손거울을 들여다보았다. 히로토에게 맞은 얼굴이 퉁퉁 부어 괴물처럼 보였다. 화장실에 다녀온 홍도가 불빛에 비친 국희 얼굴을 보고, 깜짝 놀라 고함을 질렀다.

"밖에서는 안 보이더니…. 히로토…. 그 쪽발이 놈이 대체 널 어떻게 한 거야."

홍도는 밖으로 나가 우물물을 퍼 와 찜질을 해 주면서도 여전히 부들부들 떨었다.

"국희야. 단단히 마음먹어. 더는 일본 쪽발이한테 당할 수 없어. 민호 선생 말처럼 우리가 나서야 할 때가 된 것 같아. 이번 기회에 기생들도 힘을 모으면 무섭다는 걸 보여 줘야 해."

홍도가 열사처럼 외쳤다. 국희는 홍도가 날로 변해 가는 모습에 놀라면서도 듬직했다. 홍도를 야학당에 데리고 가길 잘했다는 생각이 들었다.

찬물 찜질로 통증이 좀 가라앉자, 온몸이 노곤해지면서 잠이 쏟아졌다. 까무룩 잠이 들려는 순간, 마담이 물귀신처럼 나타났다. 짜증이 몰려왔지만, 죽은 척 꿈적하지 않고 누워 있었다.

"난 화가 나 한숨도 못 잤는데…. 넌 퍼져 잠만 잘 자네. 얼른 일어나 목욕재계하고 옷 갈아입어. 히로토 순사부장 오늘 특근이래. 도시락 싸 줄 테니 다녀와. 순사부장이 좋아하는 장어구이하고 해장국 끓여 줄 테니까 기분 좀 풀어 주라고."

국희는 잠이 확 깨면서 참고 있던 부아가 치밀었다. 자신을 노예처럼 부려 먹다 못해 경찰서까지 해장국을 싸 들고 가라니. 국희는 벌떡 일어나 마담을 향해 고함을 질렀다.

"오늘 중요한 약속이 있는데요. 직접 다녀오시지요. 저는 쪽발이 순사 비위 더는 맞출 수 없습니다."

국희는 속으로는 덜덜 떨면서도 담대하게 말했다. 민호 선생의 '죽으면 죽으리라'는 말을 생각하며 용기를 냈다.

"너 지금 막 나가기로 결심했다, 이거지? 코흘리개 촌년 데려다 땟국물 싹 벗겨 놨더니 저 잘났다고 뻐기네. 머리 검은 짐승은 거두지 말라더니…. 네가 날 배신할 줄은 정말 몰랐다."

국희는 마담의 악다구니가 끝날 때를 기다렸다. 아무리 심한 욕을 해도 참고 들었다. 기회를 봐야 하기 때문이다. 마담은 입에 거품까지 물며 국희를 힐난했다. 국희가 대꾸하지 않자, 맥이 빠지는지 슬그머니 자기 방으로 들어갔다.

국희는 두 주먹을 불끈 쥔 채, 방에 들어와 짐을 쌌다.

'언젠가는 나갈 생각을 했잖아. 조금 시간을 당겼을 뿐이야.'

국희는 스스로를 다독이며 빠르게 손을 놀렸다. 동트기 전에 집을 나서야 했다. 옷장 서랍 깊숙이 넣어 둔 주머니를 가장 먼저 챙겼다. 마담이 준 구리무와 물스킨 등 화장품이며 옷가지는 모두 남겨 놓았다. 3년 전 기방에 올 때 입었던 하얀 저고리에 검은 치마를 입었다. 촌스럽지만 가장 편한 옷이었다. 막상 짐을 싸려니 별로 챙길 것도 없었다. 허무하다는 생각이 들었다. 빈손으로 왔다 맨발로 나가는 기분이었다. 딴생각을 깊이 할 시간이 없었다. 국희는 소리가 들릴까 봐 걱정돼 뒤꿈치를 들고 걸었다.

홍도에게조차 말없이 나온 것이 마음에 걸리긴 했다. 야학당에서 만날 것을 기대하며 국희는 거리를 달렸다. 잠시 후, 우뚝 서 하늘로 양손을 올리며 소리쳤다.
"나는 자유인이다! 자유인이라고! 이국희가 아니라 이소선으로 돌아갈 거야."
먹이를 찾아 나선 생쥐 한 마리가 국희를 보자, 쥐구멍을 찾아 줄행랑을 쳤다.

새벽 통영 중앙시장은 펄떡이는 생선들로 활기가 넘쳤다. 그러나 농어, 돔 등 귀한 생선을 앞에 놓고도 상인들의 눈망울은 상한 갈치처럼 죽어 있었다. 국희는 새벽 시장에 나온 생선들과 눈인사를 건네며 야학당을 향해 걸었다. 시장 뒷골목 끄트머리까지 가려면 꽤 시간이 걸렸다. 혹 마담이 쫓아올지도 몰라 뒤를 흘끔거리면서도 여전히 상인들 표정을 살폈다. 주름진 얼굴에 갯비린내 풍기는 아주머니를 보자, 돈 벌러 떠난 뒤 소식이 끊긴 어머니 생각이 났다. 노름빚에 알코올중독자면서도 고기잡이배에 노예처럼 팔려 간 아버지 소식도 궁금했다.
지난 3년간 가족 대신 빚쟁이들만 국희를 찾았다. 그들의 앞잡이는 용포 아재였다. 주마등처럼 떠오르는 옛 생각을 하며 걷다 보니 어느새 허름한 2층 건물 앞에 섰다. 지하 계단을 향해 조심스럽게 내려갔다. '통영야학당'이라는 팻말이 붙은 문 앞에 서자, 가슴이 떨렸다. 조심스럽게 문을 두드렸다. 민호 선생이 이곳에서 먹고 잔다는 것은 알았지만, 새벽에 찾아온 자신을 어떻게 맞아 줄지 두려웠다.

또옥. 똑. 똑….

처음에는 잠을 깨울까 봐 조심스럽게 두드렸다. 한참 동안 기다려도 감감무소식이었다. 돌아가려다 다시 문을 두드렸다. 벼랑 끝에 매달린 사람처럼 절박한 심정이었다.

똑똑. 똑똑똑.

아무 기척이 없었다. 불길한 예감이 스쳤다.

'민호 선생한테 무슨 일이 생긴 건가? 혹 용포 아재가?'

국희는 맥이 빠져 사무실 앞에 보따리를 놓은 채, 주저앉았다. 걱정이 되면서도 지난밤 한숨 못 잔 탓에 까무룩 잠이 들었다. 얼마 못 가 등짝에 스미는 찬 기운 때문에 눈을 떴다. 일어나 문을 다시 두드렸지만, 여전히 기척이 없었다.

할 수 없이 국희는 보따리를 들고 밖으로 나왔다. 하지만 달리 갈 곳이 없었다. 기방에 오기 전까지 살던 동네는 눈길조차 주기 싫었다. 가난과 절망의 물결만이 출렁대던 시절로 돌아가고 싶지 않았다. 그 시절의 모든 것을 지우개로 지우고 싶을 뿐, 실낱같은 그리움조차 없다.

바닷가에 나가 바람이라도 쐬려는데, 시장 모퉁이에 반가운 얼굴이 나타났다. 짧은 머리에 교복처럼 입는 검은 잠바를 보자 울컥, 목젖이 울렁댔다. 잃어버린 엄마를 만난 것처럼 반가웠다.

"선생님. 어디 다녀오세요?"

국희는 떨리는 목소리로 물었다.

"진주에 다녀오는 길이에요. 가서 스승님 뵙고 진주 만세운동 소식 좀 직접 들으라고요. 그런데…. 국희 씨 이 시간엔 웬일이세요? 웬 보따리까지…."

민호 선생은 역시 눈치가 빨랐다.

"어서 사무실로 가세요. 뭔가 심상치 않아 보이는데…."

민호 선생은 앞서 걸으면서도 주위를 살폈다. 국희는 불안하면서도 한편으로는 든든했다. 민호 선생만 있으면 기방으로 돌아가지 않아도 될 것 같았다.

삐거덕거리는 계단을 내려와 사무실에 들어서자마자 민호 선생이 문을 꼭 잠갔다.

"일본 순사들이 눈에 불을 켜고 제 동태를 살핀다는 소식을 들었어요. 누군가 야학당을 찌른 거 같아요. 그나저나 국희 씨는 왜?"

민호 선생이 평소와 달리 불안한 말투로 물었다. 국희는 한참을 망설인 뒤, 히로토 순사부장 사건과 기방을 나온 이유를 고백하고 말았다.

"국희 씨. 어쩌면 잘된 일인지도 몰라요. 이젠 우리가 나서야 할 때가 됐어요. 일단 오늘 저녁 회원들 모이면 같이 의논하죠. 예기 조합 회원님들도 오시겠지요?"

예상했던 대로 민호 선생의 듬직한 말에 국희는 돌짐을 진 것 같던 어깨가 가뿐해진 느낌이 들었다. 언젠가는 떠날 곳을 조금 일찍 나왔을 뿐이라고 생각하기로 마음먹었다.

"그렇잖아도 홍도랑 이야기했어요. 예기조합원들도 행동할 때가 됐다고…. 아마 홍도가 알아서 다 연락을 취했을 거예요."

"진주 촉석루에 가 보니, 만세운동이 정말 대단했더군요. 한금화라는 기생이 흰 명주 자락에 '기쁘다, 삼천리강산에 다시 무궁화 피누나'라는 혈서를 쓰기도 했답니다. 거기에 힘입어 민초들이 단결하게 됐다고 해요. 통영도 오늘 밤에는 구체적인 행동 지침을 정해야 할 듯싶어요."

말을 마친 민호 선생은 사물함 뒤에 꼭꼭 숨겨 놓은 태극기를 꺼냈다. 먼지가 날려 목구멍도 칼칼하고 눈까지 아렸다. 누렇게 색이 바랜 것도 있고, 아예 태극 문양이 지워진 것도 있었다.

"다행히 진주 스승님이 태극기 몇 장은 더 주셨지만…. 턱없이 모자라고요. 인원을 동원하려면 꽤 많은 돈이 필요한데…. 걱정입니다."

민호 선생이 태극기의 먼지를 털며 혼잣말처럼 말했다.

"현수막도 만들어야 하고, 전단도 인쇄해서 뿌리려면 돈이 필요한데…. 돈 나올 데가 없어서…. 일단 사람들 오기 전에 나가서 돈 좀 구해 올게요. 미국서 온 선교사님께라도 사정을 해 봐야 할 것 같아요. 국희 씨는 사무실 정리하면서 지키고 있어요."

민호 선생은 국희에게 문단속 잘하라는 말을 남기고 급히 사라졌다. 국희는 멍하니 앉아 자신의 전 재산인 보따리를 어디에 둘까 두리번거렸다. 불현듯 국희의 얼굴이 밀랍 인형처럼 굳어졌다. 돈 걱정 때문에 대나무처럼 말라 가는 민호 선생의 얼굴이 떠올랐다.

"진주의 기생은 혈서까지 썼다는데…. 난 뭘 하지? 돈…. 돈이 급하다고 했는데…."

민호 선생이 애절하게 남긴 말이 귓가에 맴돌았다. 국희는 주머니에서 금비녀와 금반지를 꺼냈다. 피붙이처럼 소중하게 여기던 것들이라 애잔했다. 국희는 땅이 꺼지라 한숨을 쉬며 금붙이를 주섬주섬 챙겼다.

걸레질하려는데 책상 위에 널브러진 태극기가 눈에 들어왔다. 기방에 들른 청년들에게 독서 모임 야학당이 생긴다는 말을 듣고 찾아올 때만 해도 국희는 태극기 따윈 눈곱만큼도 관심이 없었다. 보통학교라도 다니고 싶었지만, 갈 수 없는 처지였기에 막연히 동경했던 '책 읽기'에 관심이 갔을 뿐이었다. 야학당은 다양한 사람들의 집합소였다. 일본 유학생이던 민호 선생이 농촌운동에 관심을 두자 따라온 동지들이 몇 있고, 국희처럼 한글도 제대로 깨치지 못한 시골 아이들도 꽤 있었다. 심지어는 머리가 하얀 할아버지도 있고, 대머리 노총각도 있었다. 생선 냄새 풀풀 풍기는 어부도 가끔 얼굴을 내밀었다. 모두가 '앎'에 굶주린 사람들이었다.

국희는 시간이 지나면서 야학당이 단순히 책만 읽는 곳이 아니라는 것을 알았다. '민족', '태극기', '민초', '호민'이라는 말을 처음

들을 때는 이해가 되지 않았다. 그러나 반복해 듣다 보니, 세상이 달라 보였다.

국희의 가슴 깊은 곳에서는 두 마음이 치열하게 싸우는 중이었다.

'금붙이는 안 돼. 빚 갚아야 해. 그래야 가족이 다시 모여 살지. 나도 혈서를 쓸까?'

빛바랜 태극기가 마음을 읽기라도 하듯, 국희는 태극기를 빤히 올려다보았다.

청소하고 사물함도 정리했지만, 여전히 마음은 복잡했다. 창밖에 어둠이 몰려오자, 갑자기 마음이 불안해졌다. 홍도에게 연락을 취하고 싶었지만 달리 방법이 없었다. 밤에 있을 통영 예기조합 모임을 기대할 수밖에.

국희는 지루한 시간을 죽이기 위해 구석의 먼지를 닦았다. 목이 말라 물이라도 마시려 의자에서 일어서는데, 통영 예기조합 회원 두 명이 들어섰다. 국희를 보자 모두 반갑게 손을 잡았다.

"홍도한테 연락이 왔던데. 오늘 무슨 일 있어?"

버스 터미널 근처 옥류정에서 일하는 모란이 하품을 하며 물었다.

"회원들 다 모이면 홍도와 민호 선생이 얘기할 거야."

국희가 바깥을 내다보며 조심스럽게 말했다.

"이거 손님들에게 주는 특식인데 내가 몇 개 슬쩍했어. 먹어 봐.

약밥이라고….."

국희는 모란이 건넨 약밥을 받아먹었다. 달달하면서도 쫄깃한 맛이 일품이었다. 배도 고팠지만 처음 먹어 보는 음식이라 더욱 맛있었다. 모란은 그런 국희를 이모처럼 그윽한 눈빛으로 바라보았다. 국희도 정 많고 따뜻한 모란이 좋았다.

해가 어스름해지자, 다양한 사람들이 몰려들어 왔다. 그들은 모이자마자 경성 만세운동에 관한 이야기를 나누었다. 사무실이 꽉 차도록 사람들이 모인 후에도, 민호 선생은 보이지 않았다. 홍도도 오지 않았다. 초조해진 국희는 낡은 계단을 올라가 기다렸다. 마담 눈에 띨까 봐 무서워 골목 밖으로는 나가지 못한 채, 고개를 한껏 내밀어 골목을 훑었다.

"국희 씨, 왜 나와 계십니까? 사람들은 어쩌고?"

쫓기듯 달려왔는지 민호 선생이 숨을 헐떡이며 물었다.

"사람들 다 모였는데…. 선생님도 홍도도 안 와서요."

"어서 들어갑시다!"

국희는 홍도를 기다리고 싶었지만, 민호 선생을 따랐다. 사무실에 들어서자, 사람들의 눈길이 일제히 두 사람에게 쏠렸다.

"죄송합니다. 뜻을 같이하는 선배 동지들을 찾아뵙느라 늦었어요. 돈 모으는 일이 급해서요."

민호 선생의 말에 사람들은 고개를 푹 숙인 채, 말이 없었다. 민호 선생도 잠시 숨을 고른 뒤, 중대 발표를 했다.

"일단 본론부터 말씀드릴게요. 4월 2일에 통영경찰서 앞까지 가두 투쟁에 나설 계획입니다. 지역 모든 활동가와 구체적인 계획을 짜 놓은 상태니 많은 협조 부탁합니다. 일주일밖에 시간이 남지 않아, 오늘 밤에 잠을 못 자더라도 구체적인 계획을 세워야 할 것 같아요."

민호 선생이 긴장된 목소리로 말하는 도중에, 홍도가 문을 빠끔 열고 들어왔다. 홍도는 맨 뒤 자리에 가 앉으면서도 연신 두리번거렸다. 국희를 찾는 것 같았다. 맨 앞에 있던 국희와 눈이 마주치자, 홍도가 손에 든 보따리를 흔들었다.

"홍도 너도 도망 나온 거야?"

국희는 당황한 나머지, 큰소리로 물었다. 민호 선생은 물론 모든 사람이 국희와 홍도를 보며 의아한 표정을 지었다.

"저와 국희는 오늘부로 기방을 나왔습니다. 이제 자유인입니다. 이번 만세운동에 적극 참여할 것입니다."

홍도가 구호를 외치듯, 두 주먹을 높이 들며 말했다. 홍도의 목소리가 미세하게 떨리고 있다는 걸, 국희는 느꼈다. 국희의 가슴도 마구 뛰었다. 홍도야말로 진짜 동지라는 생각이 들었다.

"와, 대단하다. 여성 동지들!"

자리에 앉았던 사람들이 일어나 우레와 같은 박수를 쳤다. 그러자 민호 선생이 입술에 손을 갖다 대며, 문 쪽을 향해 턱짓했다. 조심하라는 신호였다.

"행사 당일까지는 정보가 새어 나가면 곤란합니다. 그렇잖아도 통영경찰서에서 저를 계속 감시하고 있는데, 일을 벌이기도 전에 잡히면 안 되지요."

"그런데 자금이 없어서 어쩌죠?"

대머리 총각이 일어나 손을 비비며 말했다. 다른 사람들도 동조한다는 듯 술렁댔다. 모두 걱정이 가득 담긴 눈빛이었다.

"네. 저도 돈 좀 구해 보려 여기저기 뛰어다니긴 했습니다만, 별로 성과는 없네요. 아시는 대로 공출미 내는 것조차 힘들어 허덕이는 사람들이 너무 많아서요. 그러나 힘내세요. 돈보다 더 중요한 건 민초들의 마음이니까요. 결초보은의 풀, 그령 정신을 잊지 않으셨지요?"

국희는 민호 선생의 말을 들으며, 두 마음이 요동치는 것을 느꼈다.

'내가 갖고 있는 모든 금붙이 내놓자! 만세운동을 하려면 돈이 필요하잖아.'

'안 돼! 빚 다 갚기 전에는 절대 금붙이 내놓으면 안 된다고!'

마침내 국희는 결심했다. 민호 선생의 말이 떨어지기 무섭게, 보따리를 꼭 안고 앞으로 나왔다. 국희는 보따리에 숨겨 놓은 금비녀와 금반지를 꺼냈다. 누런 금붙이를 보자, 모두 의아한 눈빛으로 국희를 살폈다.

"이건 제가 아버지 노름빚과 공출미 값 갚으려 모은 금붙이입니다. 그러나 모두 내놓겠습니다. 지금 당장 필요한 것은 빚 갚는 일이 아니라, 만세운동인 것 같습니다. 이것 팔면 어느 정도는 감당할 수 있지 않을까요?"

국희가 떨리는 목소리로 말했다. 이렇게 공표하고 나니, 오히려 마음이 편했다. 극심한 파도가 가라앉은 것처럼 울렁대던 속도 고요해졌다.

"와, 이럴 수가! 자기 목숨과도 같은 금붙이를 내놓다니!"

사람들이 웅성대며 국희를 바라보았다. 민호 선생은 할 말을 잃은 채, 멍하니 천장만 바라보았다. 그때였다. 느닷없이 홍도가 누런 보따리를 든 채, 앞으로 나왔다. 결의에 찬 얼굴로 나오는 홍도의 모습이 전사 같았다.

"저도 금비녀와 금팔찌 다 내놓겠습니다. 대신 할 말이 있습니다. 국희 것과 제 것 다 팔아서 광목 끊어다 직접 옷을 만들어 입으면 어떨까요? 일본의 죽음을 상징하는 의미로 그날 소복과 장례식 때 머리에 꽂는 핀을 만들면 좋겠어요. 통영 예기조합 회원 서른세 명이라도 직접 만든 소복을 입고 행진했으면 좋겠어요. 남자들은 짚신을 삼아 나눠 주면 어떨까요?"

"정말 대단하네. 어찌 저런 생각을 다 했을까?"

사람들이 감격스러운 목소리로 홍도를 칭찬했다. 국희도 놀랐다. 자신보다 훨씬 더 많은 걸 생각한 뒤, 금붙이를 내놓은 홍도가 크게 보였다. 역시 홍도는 대장부 못지않게 화끈했다.

"아…. 정말 기발한 생각이네요. 일본의 사망을 상징하는 소복 차림…. 그런데 국희 씨와 홍도 씨가 어렵게 모은 돈으로 산 금붙이 줄 알면서…. 어떻게 팔아 쓰지요? 참 난감하네요."

민호 선생의 말에 모두 할 말을 잊은 듯 조용했다. 사람들은 쥐구멍이라도 찾고 싶은 심정인 듯, 고개를 들지 못했다.

"일단 행사 일정이 잡혔으니, 우리도 십시일반으로 돈을 모으도록 합시다. 그다음에 두 여성 동지의 귀한 뜻을 받들어 여기 모여 소복을 만들도록 하지요. 남성 동지들은 짚신을 삼도록 하고요. 각자 밀짚모자를 갖고 나와 흔드는 것도 좋은 방법일 듯싶고요."

나이가 가장 많은 활동가가 위엄 넘치는 목소리로 말했다.

"좋습니다! 일단은 만세운동이 중요하니까요. 내일 아침 일찍 이 자리에서 만나 작업을 시작하도록 하지요."

사람들은 밤이 깊도록 행사 준비를 위해 열과 성을 다했다. 행사 장소를 점검하거나, 거리 이동을 주관할 사람 등에 대해 자세히 살피고 계획을 짰다. 새벽녘이 돼서야 모두 바깥 동태를 살피며 집으로 돌아갔다.

국희는 돌아갈 곳이 없다는 생각이 들자 막막했다. 그러나 홍도와 함께여서 덜 두려웠다. 배웅을 끝낸 민호 선생이 손을 내밀며 말했다.

"두 분은 여기서 당분간 숨어 지내세요. 의자 붙이고 누우면 견딜 만할 거예요. 제 자리가 좁아지긴 하겠지만요. 하하."

경성의 만세운동 소식을 들은 후, 처음으로 듣는 민호 선생의 웃음소리였다.

"국희야, 너 대단하다. 어떻게 그런 생각을 했어?"

홍도가 의자를 붙이며 물었다.

"내가 할 소리를! 너는 어떻게 소복 만들 생각까지 다 했어? 나한테는 한마디 말도 없었으면서…."

"너 히로토 순사부장에게 맞아 얼굴 퉁퉁 부은 걸 보면서 결심했어. 돈은 나중에 벌면 되잖아. 근데 네가 그런 생각을 할 줄은 정말 몰랐어."

"아까 민호 선생님이 돈 구하러 나가는 모습 보면서 갈등하기는 했어. 난…."

"제가 부끄럽네요. 저는 말만 앞세울 뿐, 내놓을 은수저 하나 없으니…."

민호 선생이 머리를 긁적이며 말했다. 고개까지 숙인 채 괴로워하는 표정을 짓자, 홍도가 손사래를 쳤다.

"무슨 말씀을요! 선생님 아니었으면, 우리는 죽을 때까지 웃음을 팔면서도 부끄러움을 모른 채, 살아갔을 거예요. 무지렁이인 주제에 잔뜩 겉멋만 든 기생으로. 만신창이가 될 때까지 아무것도 모르고 살겠지요."

홍도가 독백하듯 읊조리는 말에, 국희의 눈가가 뜨거워졌다. 민호 선생은 일부러 분주한 척, 의자를 붙이는 동작을 크게 했다.

불을 끄자, 검은 세계가 됐다. 딱딱한 의자에 몸을 의지했지만, 전혀 불편하지 않았다. 아니 포근한 기방보다 훨씬 더 안락했다. 국희는 모처럼 악몽 없이 달콤한 잠을 잤다. 홍도도 좋은 꿈을 꾸는지, 헤실헤실 웃음 섞인 잠꼬대를 하다 코를 골았다.

일주일 내내, 여자들은 바늘에 손을 찔려 가며 소복과 상장용 핀을 만들었다. 남자들은 짚신을 삼느라 밤을 꼬박 새웠다. 모두 몸은 힘들었지만, 큰일을 준비한다는 자부심으로 피로를 잊었다.

드디어 4월 2일 새벽 동이 텄다. 밤새 해가 뜨길 기다린 야학당 사람들과 숨어서 활동하는 민초들은 소리 높여 환호했다. 아기 손톱만큼 작던 해가 갑자기 둥근 쟁반처럼 커졌다. 손에 잡힐 듯 가까이 올라온 해는 붉은 물감을 칠한 듯 황홀했다.

통영 앞바다에서는 거센 파도가 물거품을 일으키며 포효하듯 출렁댔다. 소복 입은 기생들의 함성을 닮은 듯 어느 때보다 파도 소리가 컸다.

거리에는 일본 관료들의 명령대로 심은 벚나무들이 꽃망울을 터트릴 준비를 하고 있었다.

드디어 현수막에 얼굴을 가린 채, 소복을 입은 서른세 명의 기생이 길 위에 섰다. 선두로 나선 홍도와 국희는 늠름한 모습으로 중앙통을 향해 걸었다. 상인들이 웅성거리며 소복 입은 여인들의 얼굴을 살폈다.

"통영 예기조합이 뭐꼬? 기생은 몸만 파는 줄 알았더니, 만세운동도 앞장서네. 놀라워라!"

시장통에서 가장 큰 생선 가게를 하는 주인이 말했다. 언젠가 기방에 들른 손님이라 국희는 그를 기억했다. 남자의 말에 시장통 사람들이 호기심 가득한 눈으로 소복 입은 여인들을 살폈다. 놀라움과 경이로움이 엇갈린 시선으로 새벽 시장은 들끓었다.

동이 트면서부터 간헐적으로 시작된 시위에는 10시쯤 되자, 꽤 많은 군중이 모여들었다.

"일본은 물러가라!"

"조선 독립 만세! 대한 독립 만세!"

"만세! 만세! 만세!"

통영 예기조합 회원들과 야학당 사람들의 목소리가 점점 더 커졌다. 일반 여자들도 소복에 머리핀을 꽂고 하얀 고무신을 신고 나타났다. 검은 옷에 짚신을 신은 남자들도 많았다. 밀짚모자를 쓴 채, 시위에 참여한 농부들도 많았다. 각기 다른 사람들이지만 하나가 돼 일사불란하게 움직였다. 일행은 각자 태극기를 들고 행진을 시작했다.

맨 앞에는 국희와 홍도가 섰다. 둘은 핀 대신 검은 머리띠를 두르고 검은 끈으로 치마허리를 단단히 묶었다. 단호함을 상징하기 위한 차림이었다.

"우리는 일본의 노리개가 아니다. 논개와 계월향의 후손이다."

홍도가 우렁찬 목소리로 팻말을 흔들며 선창했다. 곧이어 통영 예기조합 회원들이 따라 외쳤다. 지금까지 사람들에게 무시당하고 천대받던 서러움을 토해 내며, 울먹이는 여인도 눈에 띄었다. 국희는 살며시 다가가 동지의 어깨를 두들겨 주었다.

"일본은 당장 물러가라. 조선은 독립해야 함이 마땅하다! 민초가 이긴다!"

급히 제자리로 돌아온 국희가 젖 먹던 힘까지 다해 외쳤다. 선창에 이어 사람들이 한목소리로 따라 외쳤다. 통영 앞바다가 울릴 정도로 구호 소리가 쩌렁쩌렁했다. 국희는 가슴이 뜨거워지는 걸 느꼈다. 말로 다 형언할 수 없는 감정이었다.

시장에 나온 상인들도 주섬주섬 물건을 챙겼다. 가게 문을 닫은 상인들이 하나둘 무리 속으로 합류했다.

"조선 독립 만세! 대한 독립 만세"

상인들은 처음에는 어색한지 멀뚱히 서 있다가 사람들이 점점 더 크게 외치자, 자연스럽게 목소리를 냈다. 통영 거리를 지나던 사람들도 '만세' 소리에 이끌려 구름 떼처럼 몰려들었다. 순식간에 시장 안은 발 디딜 틈조차 없을 만큼 사람들로 물결을 이뤘다.

놀랍게도 10대 학생들도 많았다. 선생님이 학생들 손에 태극기를 들려 나온 모습은 인상적이었다. 국희는 그토록 부럽던 교복 입은 학생들과 만세운동을 한다는 것이 믿기지 않았다. 자랑스럽고 뿌듯했다. 상황은 달라도 동지라는 연대감이 생기자, 두려울 게 없었다.

시간이 지날수록 다양한 사람들이 거리로 쏟아져 나왔다. 간호복을 입은 사람들이 삼삼오오 모여 큰 소리로 외쳤다. 신부복과 수녀복을 입은 사람들도 간간이 눈에 띄었다.

"통영경찰서 앞까지 만세를 외치며 행진합시다!"

뒤에서 사람들을 격려하던 민호 선생이 앞으로 나와 우뚝 섰다. 그의 온몸에서 빛이 났다. 쓰러지지 않는 나무처럼 든든했다. 민호 선생이 두 주먹을 불끈 쥐고 큰 소리로 외치자, 사람들이 박수를 치며 환호했다.

갑자기 일본 순사들이 개미 떼처럼 몰려왔다. 시위대는 상관없이 더 똘똘 뭉쳐 앞으로 나갔다. 누가 먼저랄 것도 없이 인간 띠를 만들며 행진했다. 더없이 평화적이며, 비폭력적이었다. 그럼에도 일본 순사들은 험악한 얼굴로 쫓아오며 엄포를 놓았다.

"흩어져라. 멈추지 않으면 가족 모두를 몰살할 것이다!"

일본 순사들이 협박을 했지만, 시위대는 침묵을 지키며 앞으로 나갔다.

"통영경찰서 앞까지 행진합시다! 조선 독립을 위해!"

"만세삼창하겠습니다. 만세! 만세! 만세!"

민호 선생의 선창에 소복 차림의 통영 예기조합 회원들이 걸음을 멈춘 뒤, 일제히 하얀 치마를 흔들었다. 남자들은 밀짚모자를 높이 들어 동조했다. 통영 거리 전체가 한낮의 무도회장을 방불케

했다.

"일본 순사들은 물러가라! 물러가라!"

"잃어버린 우리 땅, 당장 내놓아라."

"일본은 공출해 간 조선의 곡식 모두 토해 내라."

국희는 민호 선생의 지시대로 앞장서서 소리쳤다. 홍도와 호흡을 맞추니 더욱 힘이 났다. 발에 불이 나도록 돌아다니며 진두지휘하던 민호 선생이 멀리서 엄지손가락을 세워 보였다. 어깨가 절로 움찔거리며 온몸에 피돌기가 왕성해졌다.

행진은 계속됐다. 소복을 입은 기생 서른세 명이 간간이 발을 멈춘 뒤, 하얀 치마를 흔들며 함성을 질렀다. 하늘에서 내려온 하얀 기러기 떼가 무리 지어 춤을 추는 것 같았다. 이에 질세라 남자들은 짚신을 신은 발로 삼박자에 맞춰 구호를 외쳤다. 이 모습을 지켜보던 군중들이 만세삼창을 목청껏 외쳤다. 그러면서 모두 하나가 돼 행진해 나갔다.

탕. 탕. 탕. 타당.

급기야 총소리가 울려 퍼졌다. 제복 차림으로 총칼을 든 무리가 개떼처럼 몰려왔다. 성난 일본 순사들이 총칼로 시위대를 마구 쏘고 찔렀다. 피눈물도 없는 짐승처럼 포효하며 칼을 휘둘렀다. 아무데나 펑펑 총을 쐈다. 평화롭던 거리가 갑자기 전쟁터로 변했다. 총을 피해 달리던, 소복 입은 기생이 총에 맞아 피로 물들어 갔다. 소복 위에 붉은 피꽃이 처연하게 피어났다.

피는 또 다른 피를 부른다. 비폭력 행진을 다짐했지만, 무자비하게 얻어맞고만 있을 수는 없었다. 화가 난 민초들은 곡괭이며 삽으로 일본 순사들과 맞섰다. 달걀로 바위 치기였다. 하지만 사람들은 생명력 강한 풀, 그령의 끈질긴 힘을 믿었다.

"통영경찰서까지 갑시다! 조선 독립 만세!"

더욱 힘을 내 외쳤다. 이대로 죽어도 좋다는 생각이 들었다. 짓밟혀 쓰러져도 다시 살아나는 질긴 풀, 그령을 생각하며, 소복이 시커멓도록 행진을 이끌었다.

홍도와 국희를 선두로 소복 차림의 기생들은 지치지 않고 뒤를 따랐다.

"천대받던 기생들도 나라를 위해 나섰는데, 우리 아녀자들도 구경만 할 수는 없지."

들에서 일하던 농촌 아녀자들도 호미를 든 채 시위대에 합류했다. 그중에는 보리쌀에 이밥을 섞은 주먹밥을 해 갖고 와 기생들에게 나눠 주는 아낙도 있었다. 살벌한 만세 터에서 피어난 훈훈한 인정의 꽃이었다.

목적지인 통영경찰서는 멀고도 가까웠다. 민호 선생은 그곳에서 낭독할 선언문이며 태극기를 들고 총지휘를 맡았다. 선두인 국희와 홍도를 따라 3000여 명의 군중이 따랐다. 국희는 독서 모임에서 읽은 잔 다르크를 떠올리며 당당하게 걸었다. 히로토의 명령을 따라 일본 순사들이 휘두른 총칼에 맞아 즉사한 동지들의 시체를 넘어 행진은 계속됐다. 통영 전체가 용광로가 들끓듯 만세 소리의 열기로 뜨겁게 타올랐다. 만세 무리가 지나간 거리는 피바다가 됐다. 통영은 순식간에 피비린내가 진동하는 죽음의 도시로 변했다.

"탕, 탕, 탕!"

하늘을 찌를 듯 총소리가 울려 퍼졌다.

거대한 물결을 이루며 행진하는 군중을 향해 순사들이 총을 마구 쏘아 댔다. 한쪽에서는 시위대가 순사들과 맞붙어 싸우느라 아수라장이었다. 민호 선생 얼굴에는, 여기저기 뛰어다니느라 땀이 소낙비처럼 흘러내렸다. 그래도 눈빛은 살아 있었다. 숨어서 나라의 독립을 위해 애쓰던 어르신들도 목숨 걸고 나섰다. 모두가 한마음으로 나라 잃은 울분을 토해 냈다.

"저기 앞장선 기생년들부터 체포하라!"

히로토의 쩌렁쩌렁한 목소리가 들리자마자, 용포 아재를 비롯한 일본 순사들이 국희와 홍도를 비롯해 열 명 정도의 기생 손에 수갑을 채웠다.

"국희 너, 결국은 내 손에 잡히는구나! 아재 말 들었어야지. 기생질도 모자라 투사로까지 나서다니. 동네 개가 웃을 일이다."

"아재의 비참한 끝이 곧 올 겁니다. 그땐 동네 개마저 눈물 흘릴 거예요. 아재가 불쌍해서….”

국희는 이마의 기름을 닦으며 쾌재를 부르는 용포 아재를 향해 독설을 퍼부었다.
"자기 분수 모르고 날뛴 대가를 톡톡히 보여 주라고."
히로토가 국희의 머리를 치며 비아냥거렸다.
"우리는 일본 기생과 다릅니다. 우리는 나라를 생각하는 한 사람이자, 한 인간입니다."
국희는 민호 선생이 가르쳐 준 말을 토해 냈다. 황토물 위에서 헤엄치는 기분으로 외쳤다.
경찰서 안에선 퀴퀴한 냄새와 피비린내가 코를 찔렀다. 국희는 밤새 가혹한 고문을 받았다. 온몸에 전기가 통할 때는 미쳐 버릴 것 같았다. 몸이 괴로운 것도 힘들었지만 모욕감이 더 컸다. 속옷만 입은 채, 일본 순사 앞에서 온몸을 비틀며 안간힘을 써야 하는 자신이 싫었다.
"지금부터 조선이 아니라, 천황께 충성한다는 자필서만 쓰면 석방해 주겠다."
히로토가 은근한 말투로 술수를 부렸다. 국희는 눈 하나 까딱하지 않았다. 그럴수록 히로토의 얼굴은 붉은 악마가 돼 갔다.
"기생년 주제에, 독립운동에 앞장을 서? 꼴값을 떨어도 분수껏 해야지. 네가 주동자가 아니라는 자백만 해도 죄는 면할 수 있어…. 너는 기방의 꽃으로 있을 때가 가장 예뻐. 기생이 독립운동을 한다는 게 말이 되냐?"
히로토의 폭언은 점점 더 수위가 높아졌다. 그럴수록 국희는 입을 앙다물었다. 고문은 날로 강도가 세졌다. 순간마다 견디기 힘들었다. 그대로 숨이 멎길 바랄 정도였다. 그렇다고 히로토 앞에서 나약한 모습을 보일 순 없었다.

"나는 나라를 잃은 백성으로서 할 일을 했을 뿐입니다."

"죽여도 좋아! 이런 악질분자는 살려 둘 가치가 없다고."

히로토가 용포 아재를 불러 이를 갈며 소리쳤다. 용포 아재는 국희를 닥치는 대로 때리고 밟았다. 국희가 볏짚처럼 풀썩 쓰러지며 정신을 잃은 것은 찰나였다.

눈을 떠 보니, 날이 밝았다. 온몸에 멍이 들고, 쑤셨다.

다행인지 불행인지, 같이 들어온 모란을 비롯해 세 명의 기생은 풀려나고, 국희와 홍도만 감금됐다.

국희는 경찰서 안에 들어오고부터 홍도를 만날 수 없었다.

눈 뜨면서부터 기절할 때까지 고문의 연속이었다. 만세운동의 배후가 누구인지 밝히라며 온갖 고문을 가했다. 온몸이 녹아내리고, 뒤틀리며 죽을 만큼 괴롭고 힘들었다. 그래도 히로토에게 굴복하고 싶지 않았다.

"아직 혼쭐이 덜 나서 버티는 거지. 강도를 대폭 높이라고. 그깟 기생년 입 하나 못 열고 쩔쩔매는 꼴이라니. 같은 조센징이라고 슬슬 봐주는 거 아냐?"

히로토가 핏발이 선 눈으로 용포 아재를 향해 삿대질하며 쪼았다.

"곧 자백하게 될 겁니다."

히로토가 안경을 추켜올리며 명령하자, 용포 아재가 90도로 고개를 숙이며 대답했다. 히로토가 가고 나자, 용포 아재가 국희 가까이 다가와 말했다.

"쯧쯧, 고무줄놀이나 하고 놀 나이에 기생이 되더니…. 철장 신세까지. 아재도 가슴이 찢어진다. 정홍도, 아니 정막래의 선동과 차민호의 감언이설에 속아 시위대에 나섰다고 말만 해. 당장 풀어 줄 테니까. 순진한 백성을 선동해 전쟁을 선포한 차민호! 이 쥐새끼 같은 놈은 어딘가로 도망갔는데, 넌 왜 잘난 척하고 앞장섰냐고. 난 국희 너를 경찰서까지는 오게 하고 싶지 않았다. 그러기 위해 내가 얼마나 애를 썼는지 넌 모를 거다."

평소와는 달리 용포 아재가 부드러운 목소리로 말했다. 눈빛마저 선한 표정이라 국희는 의아했지만 내색은 하지 않았다.

'소식을 몰라 답답했는데, 민호 선생이 잡히지 않았구나! 휴, 다행이다.'

국희는 용포 아재의 말을 흘려들으며 혼자만의 생각에 잠겼다.

통영경찰서에서 일주일간 온갖 회유와 고문을 당했다. 한순간도 흐트러지지 않았다. 히로토도 더는 국희를 찾아오지 않았다. 용포 아재도 국희를 포기한 듯, 막판에는 친절까지 베풀었다.

통영을 떠나 부산 법정으로 가는 날, 용포 아재가 조용한 시간에 국희를 찾아왔다.

"어이! 나의 먼 친척 이국희 아니 소선아! 부산 법정에 가서 심판받을 때는 좀 고분고분해라. 너 혼자 독립운동한다고 잃어버린 나라를 찾을 수 있다는 건 착각이야. 윗대가리들은 다 썩어서 나라 걱정은커녕 제 주머니 챙기느라 난린데…. 왜 너만 바보짓이냐고.”

용포 아재는 국희가 아무 말이 없자, 연민이 가득 찬 눈빛으로 바라보았다.

"아무튼 너의 절개만은 인정한다. 넌 진짜 통영의 꽃, 아니 통영의 딸이다.”

용포 아재의 모습이 뭔가 달랐다. 지금까지 본 비열한 일본 순사의 끄나풀이 아니었다. 해 질 무렵 술래잡기를 하던 꼬마 용포의 선한 눈빛이었다. 국희는 그 눈빛을 보는 순간, 울컥 목울대가 아팠다.

국희를 실은 호송차가 통영 앞바다를 지났다. 하얀 물거품을 일으키며 달려오던 파도가, 국희와 눈이 마주치자, 거짓말처럼 잠잠해졌다. 무사히 살아 돌아오라는 속삭임처럼 들렸다. 바닷가를 감싼 도로에 핀 벚꽃잎들도 하롱하롱 떨어지며 이별 인사를 했다.

"안녕! 내가 태어나고 사랑한 땅, 통영의 모든 것들아!”

국희는 의자 깊숙이 머리를 기댄 후, 눈을 감았다.

암탉이 울어야

서울대 법대 1호 여학생

대한민국 1호 여자 변호사

막사이사이상 수상

내 이름 '이태영' 앞에 붙는 수식어는 꽤 다양하다. 그러면서 사람들은 나를 '금수저'라 칭한다. 그렇지 않다. 나는 감히 말할 수 있다. 지금의 나를 만든 건 '열정'과 '성실'이었노라고. 무슨 일을 하는지도 모른 채, 변호사가 꿈이던 어린 시절부터 죽는 순간까지. 내 삶의 여정을 그려 보고 싶다. 결코 자랑이 아닌, '암탉이 울어야 알도 낳'고, 세상도 변한다는 말을 전하고 싶어서다.

내 고향은, 지금은 북한 땅인 평안북도 운산이다. 태어나 보니,

나라 잃은 민족이었다. 일본에 나라를 뺏긴 지 4년밖에 안 된 터라, 어딜 가나 일본인이 북새통을 이뤘다. 운산은 금광이 있는 마을이라, 외국인들이 많이 오갔다. 조선 황실이 25년간 미국에 금광 개발권을 주었기 때문이다.

내가 아장아장 걸음마를 시작하던 해, 금광에 다니던 아버지가 사고로 돌아가셨다. 난 아버지 얼굴도 모르고 자란 아이다. 내가 기억하는 아버지는, 사진 속 모습과 엄마에게 들은 이야기를 합성한 것뿐이다. 아버지는 금광에 다니며 금을 캤고, 엄마는 선교사들의 포교 덕분에 일찍이 개신교 신자가 되었다. 일자무식 엄마는 한글도 깨치고 천자문도 읽게 되었다. 순전히 언덕 위 예배당에서 배운 풍월 덕이다. 엄마는 시간이 지날수록 지식이 쌓이면서 '깨인 여성'이 되었다. 땅 부잣집에서 태어난 엄마는 고생을 모르고 자랐다. 6대 독자 집에서 두 아들을 낳을 때까지만 해도 고난을 감지하지 못하셨다고 한다. 갑작스러운 아버지의 죽음으로 엄마의 인생은 가시밭길이 되었다. 시장에서 쌀과 돗자리, 옷감, 항아리 등 돈이 되는 것은 뭐든 팔았다. 심지어는 남의 집 장판 까는 일까지 척척 했다.

엄마는 친정이 잘살았지만, 손 내밀지 않았다. 강인한 엄마의 기질을 내가 물려받은 것 같다. 나보다 열두 살 위인 큰오빠를 아버지처럼 따랐다. 오빠 역시 나를 엄청나게 아끼고 챙겼다. 서울에서 고등학교에 다니면서도 집에 올 때마다 나부터 찾았다. 오빠는 내가 '변호사'가 되길 원했다. 어린 나는 무슨 말인지도 모르면서 변호사가 내 길이라 생각했다.

두 오빠 밑, 막내로 딸인 내가 태어났을 때 아버지는 동네잔치를 벌일 만큼 좋아하셨다 한다. 속절없이 아버지가 돌아가시고 형편이 어려워지자, 엄마의 손등은 나뭇등걸처럼 꺼칠해졌다. 그래도 엄마는, 두 오빠는 물론 나도 학교에 보냈다. 모든 면에서 공평을 주장했던 엄마는 아무리 생각해도 시대를 앞선 여성이었다.

"앞으론 여자도 배워야 하는 세상이 올 거야. 미국은 이미 여성 국회의원도 나오고 장관도 나온 세상이란다. 너는 똑똑하니까 열심히 공부해라. 엄마가 오빠들 못지않게 밀어 줄 거다."

엄마의 말대로 나는 공부가 재밌었다. 아니 무엇이든 배우는 걸 좋아했다. 반에서 1등을 놓치지 않았다. 학교에 다녀오는 길에 친구들은 모두 냇가에 나가 멱을 감거나 노는 데 열심이었지만, 나는 예습과 복습을 철저히 해야 잠을 자는 성격이었다. 다음 날 학교에 가면 반 친구들이 내 주위에 빙 둘러서 숙제를 보여 달라고 줄을 섰다. 옥자는 내 숙제를 베끼며 늘 말했다.

"태영아, 넌 정말 천재야. 이 어려운 산수 문제를 척척 풀 수 있으니 말이야. 난 숫자만 보면 머리부터 아픈데…. 짧은 글짓기도 정말 기막히게 했네."

옥자는 언덕 위 빨간 벽돌로 만든 예배당에 같이 다니는 친구다. 상냥하고 남을 배려하는 마음이 큰 데다 언제나 내 편이라 든든했다. 옥자는 집안이 어려워 소학교도 못 다닐 뻔했는데, 우리 엄마가 나서서 옥자 부모님을 설득했다.

나는 학교에 행사가 있을 때면 늘 나서곤 했다. 그중 기억에 남는 장면이 있다. 소학교 1학년 때였다. 웅변대회에 반 대표로 나갔다. 강단에 서서 선생님이 써 준 원고를 외워서 외쳤다.

난 딸이야요. 어떡하지요?
아들을 낳으면 온 동네가 기뻐하고,
딸을 낳으면 오마니들이 울어요.
난 딸인데 어떡하지요?

딸을 낳으면 오마니들이 울어요.

이 부분을 외치는데, 목젖이 따끔거렸다. 참으려고 했지만, 급기야 울고 말았다. '우리 엄마도 내가 딸이라 많이 울었을까?'라는 생각이 들자, 한 없이 서러웠다. 왠지 딸로 태어난 것이 죄 같았다. 알 수 없는 감정이었다.

내가 울자, 선생님들이 물개박수를 쳤다. 선생님을 따라 아이들은 발까지 구르며 손뼉을 쳤다. 나는 무대에서 그만 내려오라는 줄 알고 웅변하다 말고 퇴장했다. 그 후로 '똑순이'에서 '맹꽁이'라는 별명을 얻었다.

맹꽁이라는 별명을 애칭으로 달고 살던 내게, 엄마는 참 많은 이야기를 해 주셨다.

"태영이 네가 태어난 이곳(북진)은 국경 지대였단다. 밤이면 독립투사들이 그림자처럼 우리 집을 찾았어. 엄마는 주먹밥이며 찐 감자 등을 보자기에 쌌다가 전했지. 아버지는 독립 자금을 몰래 준비했다가 그림자들에게 전하곤 했어. 일본 순사들이 매 같은 눈으로 감시한다는 걸 알았지만 꿋꿋했어. 너희 아버지는 숨은 독립투사였단다."

소학교 1학년인 내가 엄마의 말을 다 이해하는 건 불가능한 일이었다. 그저 그림자, 독립투사, 독립 자금 등이 아버지를 대신하는 말이었다.

"태영아, 이삿짐 싸는 것 좀 도우렴. 아버지가 살아 계셨다면 일찍이 평양으로 나갔을 거야. 당장 평양까지 갈 형편은 안 되고…. 일단 영변으로 나가려 해. 대처에 나가 학교에 다녀야 기회가 생길 것 같아서."

영변은 훗날 김소월 시인의 '영변의 약산 진달래꽃'으로 유명한 동네다. 달구지에 물건을 싣고 엄마와 두 오빠 그리고 나는 이삿짐을 옮겼다. 가난의 냄새가 물씬 풍기는 물건과 꺼칠한 엄마의 얼굴, 두 오빠의 무거운 얼굴 등이 오랫동안 뇌리에서 사라지지 않았다. 무사히 이사한 뒤, 전학 절차까지 밟았다. 학교 갈 가방을 싸고 나니, 이사 오기 전 잠깐 만난 옥자 생각이 났다.

"태영아, 넌 어딜 가도 친구들에게 인기가 많겠지. 난 너 없는 학교 다니기 싫어. 슬프다. 엉엉."

옥자가 소리 내어 우는 모습에 가슴이 아팠다. 나도 옥자랑 헤어지는 것이 매우 아쉬웠다.

"옥자야, 그런 생각 하면 안 돼. 너도 열심히 공부해서 나랑 같이 상급 학교에 가자."

"소학교도 간신히 보낸 우리 부모님이 날 상급 학교에 보내 주겠니? 난 꿈도 안 꿔."

시간 되는 날, 꼭 옥자를 만나러 북진에 가야겠다고 마음먹었다. 그러나 영변에서 삶은 늘 분주했다. 엄마 대신 집안일을 도맡아 했다. 양지바른 들녘에 나가 나물 뜯어 저녁 반찬을 준비한 뒤, 돼지 먹이도 줘야 하고, 또…. 쉴 틈이 없었다. 누에치기 철이 되면 뽕잎 따는 일도 마다치 않았다. 네 번의 잠을 잔 누에가 하얀 고치를 지은 걸 내다 팔면 큰돈이 되었다. 뿌듯했다. 서울에 가 공부하는 두 오빠의 학비로 충당된다는 걸 잘 알기에.

마을 우물가에 가 물 긷는 일도 빼놓을 수 없는 일과였다. 마을 사람들은 내가 나타나면 '소'처럼 일하는 여학생이 왔다고 반겼다. 북진에서 '맹꽁이'로 불리던 나는 영변에서는 '소'라고 불렸다. '소'라는 별명을 들을 때마다, 미래의 내 인생을 예견하는 것 같았다. 씁쓸하면서도 흐뭇했다.

소처럼 열심히 집안일을 도우면서도 영변 학교 졸업까지 전교 1등 자리를 놓지 않았다. 양반 집 규수였던 엄마가 억척 장사꾼이 되는 걸 보며, 나 또한 무섭도록 공부에 매달렸다. 엄마가 장사하느라 늦은 밤에 들어올 때까지 책상 앞에 앉아 공부했다. 파김치가 되어 돌아온 엄마는 볏짚단처럼 쓰러져 잠들 때가 많았다. 살아 내느라 힘든 엄마 대신 큰오빠가 나의 길잡이가 되어 주었다. 열두 살이나 많은 오빠는 나를 무척 예뻐했다.

서울에서 고등학교에 다니던 오빠는 방학이나, 어쩌다 주말에 내려올 때면 꼭 선물을 건네곤 했다. 덕분에 새 운동화, 새 목도리, 새 가방을 원 없이 받았다. 더 기쁜 것은 진로에 대해 언제든 상담할 수 있다는 점이었다.

"오빠, 나 평양 정의고등보통학교 편입 시험 준비 중이야."

"영변에서의 1등과 평양에서 경쟁은 다르지만…. 넌 충분히 해낼 거야."

오빠의 응원에 힘입어 편입 시험을 보았다. 놀랍게도 편입 시험에서 당당히 1등을 했다. 영변보다 훨씬 실력이 쟁쟁한 도시 학생들이라 긴장했는데 다행이었다. 온 가족이 합격 소식을 듣고 기뻐했다. 특히 큰오빠는 아버지가 살아 돌아온 것처럼 환호했다.

"역시 미래의 변호사님은 다르군. 너는 꼭 변호사가 되어야 해."

큰오빠는 어릴 때 들려준 꿈 이야기를 다시 꺼냈다. 나 또한 잊지는 않았지만 막연한 꿈일 뿐이었다. 상황에 맞춰 살아 내느라 꿈은 먼 나라 일이었는지도 모른다.

다른 생각을 하고 있던 내가 조심스럽게 말했다.

"내가 평양으로 편입을 한 건, 동경여자고등사범학교에 가고 싶어서야. 그런데 변호사가 되려면 법대를 가야 하는 거잖아."

"동경으로 공부하러 가려고? 가정 형편도 그렇고…. 거기는 아무나 들어가는 건 아니라서…."

오빠의 말에 오기가 생겼다.

"밤을 패서라도 공부하려고. 난 반드시 푯대를 향해 달려갈 거야. 변호사는 나중에 생각할게. 오빠."

오빠는 뭔가 곰곰이 생각하더니 고개를 주억거렸다. 내 의견을 존중한다는 뜻이다. 모처럼 시장에서 일찍 돌아온 엄마가 곁에서 우리 이야기를 들으며 살며시 미소를 지었다.

"오누이가 서로 의지하면서 모든 일을 해내서 고맙다. 든든하고. 엄마는 그저 열심히 장사해서 너희가 하고 싶은 공부 맘껏 하도록 지원할 테니…. 지금처럼만 해 주길 바란다."

그날, 엄마가 부엌에서 뚝딱 만들어 준 잔치국수 맛은 영영 잊을 수 없을 것 같다. 함지박만 한 뚝배기에 담긴 국수를 순식간에 먹어 치운 오빠와 나를 흐뭇한 눈으로 바라보던 엄마의 미소와 함께.

북진과 영변이 다르듯, 평양은 완전히 딴 세상이었다. 사람 사는 냄새가 나는 도시였다. 간판도 많고 건물도 시골과는 비교가 안 될 정도로 웅장했다. 학교 아이들은 눈빛부터 달랐다. 영변에서는 대학 갈 생각조차 못 하는 친구들이 대부분이었는데, 평양 아이들은 달랐다. 일본인이 운영하는 회사에 나가는 부모님을 둔 아이라든가, 신문사 기자의 딸 등 시골과는 차원이 달랐다. 친구를 사귈 겨를이 없었다. 우정은커녕 모두가 경쟁자였다. 그들 속에서 1등을 유지하는 길은 오직 집중뿐이었다. 학교 시험공부도 착실히 준비했지만, 동경여자고등사범학교 도전이 우선이었다. 어렵게 구한 기출 문제집을 분석하며 풀었다. 힘들 때마다 고생하는 엄마를 생각했다. 버팀목 역할을 해 주는 큰오빠에게 자랑스러운 동생이 되고 싶었다. 무엇보다 '나는 나'로 살고 싶었다. 진짜 내가 누구인지 찾아가는 과정을 놓치고 싶지 않았다.

푯대를 향해 걷는다는 건, 색다른 경험이다. 불안과 기대감이 수시로 너울댔다. 그럼에도 늘 희망을 품고 사는 것이 배부른 돼지로 지내는 것보다 낫다고 생각했다. 시험 준비에 매진했다. 코피 쏟는 일은 일상이었다. 두렵지 않았다. 오히려 코피를 쏟고 나면 머리가 개운해지면서 재도전할 힘이 생겼다.

어느덧 시험 날짜가 다가왔다. 더 고삐를 당겨 가며 매진했다. 그런데 몸이 이상했다. 온몸이 샛노랗게 변해 가더니 급기야 눈까지 황금물결이었다. 온몸이 물먹은 소금 자루를 짊어진 것처럼 무거웠다. 시험 날에 도저히 일어날 수가 없었다. 망했다. 시험지도 못 본 채, 꿈이 날아간 순간이었다. 아프고 아팠다. 그러나 절망의 항아리 속에 빠져 있을 수만은 없었다. 그건 사치였다. 다른 길을 찾아야 했다.

이화여자전문학교 가사과에 지원해 합격했다.
기쁨은 찰나였다. 등록금이 문제였다. 엄마가 보내 주는 돈은 생활비로도 빠듯했다. 여고 학비는 전액 장학금으로 버텼다. 입학금만 해결하면, 그다음은 해결할 수 있을 것 같은데 난감했다. 큰오빠도 결혼한 가장이라 부담을 주고 싶지 않았다.
죽으란 법은 없는가 보다. 태어난 고향 북진 정혼자 집에서 등록금을 부쳐 왔다. 정혼자는 일본 유학생이며, 부모들끼리의 약조로 맺어진 관계였다. 나는 부모들이 짝지어 주는 대로 혼인할 생각은 없었다. 돈은 필요했지만. 짧게 편지를 썼다.

저는 혼인할 생각이 없습니다.
더 좋은 상대를 찾기를 바랍니다.
그리고 학비는 꼭 갚겠습니다.

서울에서 대학에 다니던 중 여름 방학에 정혼자가 찾아왔다.
"태영 씨 졸업할 때까지 기다릴 테니 생각을 바꿀 수는 없소?"
사람이 맘에 들지 않아서가 아니었다. 아직도 푯대를 향해 가야 할 길이 내겐 너무 멀었다.

"죄송합니다. 저는 혼인보다는 학문이 더 중요하다고 생각하는 사람입니다."

돌아가는 그의 뒷모습이 비 맞은 낙엽처럼 쓸쓸해 보였다. 사람의 인연은 어찌할 수 없다는 것을 처음 알았다. 졸업과 동시에 취업하면서, 첫 월급으로 빌린 학비를 갚았다.

대학 생활은 새로웠다. 새 세상이었다. 나는 공부 말고는 별다른 취미가 없었다. 솔직히 그럴 만한 여유가 없었다. 멋 부리고 모임에 나가는 여대생들도 있지만, 나와는 상관없는 일이었다. 교수들의 강의는 우물 안 개구리였던 나를 흔들어 깨웠다. 내 영혼 전체가 송두리째 물갈이하는 것 같았다. 매 순간이 흥분의 도가니였다. '장독대에서의 혁명'을 부르짖던 교수님의 강의가 특히 그랬다.

콩을 삶아서 효모를 뿌려 더운 곳에 배양하면
일주일이면 메주가 뜰 텐데,
한국 사람들은 이것을 몰라서 겨우내 말린다.
그러는 사이 온갖 균들이 들어가고
중요한 단백질인 아미노산이 다 사라지고 말지.

고향 장독대를 최고라고 생각했다. 운치는 물론 항아리 안 된장이며 고추장은 영양 덩어리라 믿었다. 교수님의 강의는 혁명 그 자체였다. 교수님 말이 백번 옳으며 과학적이란 생각이 들었다. 관습으로 다진 편견의 옷을 벗어야 했다.
매 순간이 놀라움의 연속이었다.

병마개를 따는 오프너는
늘 입으로 병마개를 따는 아내를 안타까워하던 그의 남편이 만든 것입니다.
여성들도 남성들처럼
새로운 문화의 창조자가 되어야 합니다.
그저 문화를 지키는 사람으로만 남지 말고요.
그러니 생각하고 연구하세요.

서양요리 수업을 맡은 모리스 교수님의 말은, 나를 향한 명령처럼 느껴졌다. 문화의 창조자가 되기 위한 길을 찾아 나섰다. '앎'은 '무지'를 깨는 '도끼'였다. 내 안의 지식 항아리에 온갖 정보와 지혜를 담았다. 내공을 쌓는 순간은 먹지 않아도 배불렀다.
도서관에 들어가 하현달이 뜰 즈음 나올 때, 뭔가 대단한 일을 한 것처럼 뿌듯했다. 기대한 대로 장학금으로 대학을 졸업할 수 있었다. 특별히 애정을 보여 주신 교수님이 가난한 내 주머니를 알고, 용돈을 주시기도 했다. 나는 조교로 착실히 교수님 수업을 돕는 것으로 대신했다. 동정이 아닌 제자를 향한 진심 어린 사랑은 내 삶의 거름이 되었다. 훗날 잠시나마 내가 교직에 몸담았을 때, 사랑의 빚을 갚으려 애썼다.

귀한 인연은 계속되었다. 가정학과에 웬일로 법률 경제 과목이 생겼다. 법률 공부는 어렵지만, 실생활과 관련이 많아 흥미로웠다. 눈과 귀가 뜨이며 법에 관해 공부해야겠다는 생각이 들었다. 하지만 내가 다니는 이화여전에는 법대가 없어 망설이는데, 특강 나오신 연희전문학교 교수님이 개인적으로 법률 공부를 봐주시겠다고 했다. 나의 열정에 감복하셨다면서. 그 덕분에 법률 연구회에 나가 3년간 법률 공부에 매진할 수 있었다. 훗날 사법고시 준비를 하는 데 큰 도움이 되었다.

이토록 많은 분의 관심과 사랑 속에서 대학 졸업을 맞게 되었다. 정혼자의 빚으로 시작된 공부였지만, 얻은 것이 많은 시간이었다.
대학 졸업과 동시에 평양여자고등성경학교에 나갔다. 첫 월급으로 정혼자에게 진 빚을 갚고 고생하는 어머니 속옷과 큰오빠와 작은오빠 양말을 선물로 샀다. 모처럼 가족이 다 모인 자리였다. 엄마의 얼굴은 주름살투성이였고, 햇빛에 새까맣게 그은 피부 때문에 더 늙어 보였다. 콧등이 찡했다. 내가 두 살 되던 해 아버지가 돌아가신 후부터 줄곧 길에서 장사하신 어머니. 비가 와도 보따리 장사 마다치 않고 돈 벌어 자식 뒷바라지하느라 허리가 휜 어머니를 생각하면, 가슴이 미어졌다.

"엄마. 이제 장사 그만두시고 예배당 다니며 쉬세요. 제가 돈 벌게요."

진심으로 드리는 말씀이었다.

"아니다. 어미는 일할 때 더 건강하고 좋다. 자식들 다 커서 돌볼 필요도 없는데…. 뒷방 노인처럼 살면 뭐 하냐. 엄마는 괜찮다. 네 인생 꾸려 갈 생각이나 해라."

"엄마, 그럼 저 법률 공부 더 해도 될까요?"

나도 모르게 속내를 털어놓고 말았다. 달랑 첫 월급 타 놓고 내 욕심만 차린 것 같아 죄송했다. 난 학교에 나가지만 성에 차지 않았다. 가르치는 일은 즐거웠지만, 가다 만 길이 남아 있는 것 같아 답답했다.

"그럼. 공부 더 할 수 있으면 해야지. 넌 어려서부터 변호사 되고 싶어 했잖아."

엄마의 말에 용기가 생겼다. 일단 1년 정도 학생들을 가르치며 준비해야겠다고 마음먹었다. 오랜만에 평양에 돌아와 사니 추억들이 떠올랐다. 그동안 잊고 지낸 옥자 생각이 났다. 오랜만에 만난 어머니께 옥자 소식을 물었다.

"전혀 몰랐니? 얼마 전에 옥자 엄마가 시장에 찾아왔더랬어. 옥자가 평양에 사는데, 형편이 말이 아닌가 봐. 소학교 졸업하고 곧바로 시집갔어. 나이 많은 남편이라 속 편할 줄 알았는데, 난봉꾼에, 노름하는 것도 부족해 주먹을 휘둘러서 병원 신세까지 졌단다."

옥자가 평양에 산다니 당장 만나고 싶었다. 그러나 옥자가 날 보길 꺼릴 것 같아 참았다. 언젠가는 옥자를 꼭 찾아봐야겠다고 다짐했다.

이래저래 평양 생활은 편안치 않았다. 내면에 일렁이는 파도와 싸우고 있을 때 한 남자를 만났다. 정일형이라는 청년이 나타난 것이다. 꽃다운 나이, 스물두 살 때였다.

그는 미국에서 철학 박사와 법학 박사 학위를 받고 연희전문학교 사회학과 교수로 재직 중이었다. 그러나 학생들이 독립을 꿈꾸기보다는 자기 출세에만 관심 두는 것을 보고 실망해 대학을 떠났다고 한다. 학교보다는 교회를 택했다. 교회에서 강연을 열어 독립사상을 심어 주는 편이 낫다고 생각했던 것 같다.

정일형 씨와의 만남은 극적이었다. 크리스마스 때 정동교회에서 내가 독창을 하게 되었다. 그 자리에 그가 참석한 것이다. 그날 내 모습이 마음에 들었던 그가 나를 만날 수 있는 자리를 마련했다. 내가 속한 이화여전 합창단을 자기 교회로 초대한 것이다.

나는 은근히 그의 초대를 반겼다. 얼마 전 안창호 선생의 강연회에서 사회를 맡은 그를 본 적이 있기 때문이다. 그의 인상은 매우 강렬했다. 권위적인 한국 남성들과는 사뭇 분위기가 달랐다. 서양에서 공부해서인지 여성을 대하는 태도가 신사적이고 품위가 있었다. 무엇보다 인문학 서적이 많은 서재를 보고 반했다. 학과 공부하느라 다양한 책을 못 읽은 나로서는 그가 참 부러웠다.

그 후, 교회 수련회를 금강산에서 갖게 되었다. 나는 친구와 함께 수련회에 참석했다. 아마도 그가 주도하는 모임이라 갔을지도 모른다. 마지막 날 그가 내게 청혼 아닌 고백을 했다. 깎아 세운 듯한 바위 모양이 하늘에서 선녀가 내려온 것 같아 삼선암이라 이름 붙은 곳에서였다.

"삼선암이 아니라 사선암이군요."

나를 선녀에 비유한 그를 마다할 이유가 없었다. 아니 어쩌면 내가 먼저 그의 모든 것에 끌렸는지도 모른다. 평범한 남자들과는 확연히 다른 그에게 마음을 뺏긴 상태였다.

"한국 여성들도 알에서 깨어나야 할 때라고 생각합니다. 당당한 사회인으로 살아야지요. 태영 씨의 주체적이면서 강렬한 인상이 참 좋습니다."

혼인하기로 마음먹고 나니, 모든 일이 일사천리로 이루어졌다. 큰오빠는 못마땅해했고, 엄마도 그리 탐탁지 않아 했지만 드러내 놓고 반대하지는 않았다.

"네가 가난하게 살 팔자인가 보다"라는 말로 모든 것을 대신했다. 나는 팔자라는 말조차 싫었다. 운명도 마찬가지였다. 자기 삶은 스스로 만들어 가는 것이라 믿었다. 그건 남편도 마찬가지였다.

나는 가사과 출신답게 결혼식 한복과 면사포를 직접 만들었다.

한 땀 한 땀 바느질을 하며 앞날을 점쳐 보느라 밤 깊은 줄 몰랐다.

영광스럽게도 안창호 선생이 축사를 해 주셨다. 평소 존경하는 분의 축사를 받고 나니, 두려울 게 없었다. 그와 함께라면 고난의 강도 거뜬히 건널 수 있을 것이라 믿었다. 우리 결혼은 주위 사람들의 화젯거리였다.

혼인 신고하러 가서야, 남편의 나이가 나보다 열 살이나 많다는 것을 알았다. 그 역시 내가 그리 어린 줄 몰랐다며 미안해했다. 사랑에 눈이 먼, 그와 나는 나이조차 묻지 않은 채 부부가 된 것이다.

결혼은 필수가 아니라 선택이었다. 내가 선택한 삶이었기에 어떤 일이든 감내해야 했다. 남편은 안창호 선생을 초대해 강연회를 연 것을 계기로 경찰의 감시를 받는 등 수난의 시간을 견뎌야 했다. 안창호 선생은 미국과 상해 임시정부를 오가며 독립운동을 하는 분이었다. 일본 경찰의 감시를 받는 독립투사인데, 남편이 그의 강연 무대를 만들어 군중을 선동했으니, 엄청난 일이었다. 그때부터 남편 역시 끊임없이 감시와 검문 등을 받았다.

남편은 돈만 생기면 교회와 항일운동에 썼다. 결혼 후 집에 돈을 내놓은 적이 별로 없었다. 나는 시어머니까지 모시며 배부른 몸으로 학교에 나가 아이들을 가르치느라 힘들었다. 그가 나라를 구하는 일에 앞장서느라 독박 살림을 맡은 것이니 어쩔 수 없다고 생각했다. 그저 꿋꿋이 버티는 수밖에.

첫딸이 태어나던 날도 남편은 항일운동차 서울에 있었다. 몸

관리도 제대로 못 한 채, 핏덩이를 데리고 서울로 남편을 만나러 갔다. 갓난아이가 너무 오랫동안 기차를 탄 것이 무리였을까. 세상에 빛을 본 지 얼마 안 되어 안녕을 고했다. 첫 아이를 가슴에 묻자, 인생 최대의 우울감이 몰려왔다.

'그토록 열심히 살아왔는데 왜 이토록 가혹한 벌을 받아야 하나?'

경찰의 감시, 수감, 고문을 수시로 받으면서도 항일운동에 앞장선 남편이 미안하다며 힘을 북돋아 주었다.

산 사람은 살아야 했다. 깊은 우울감 속에서 허덕일 새가 없었다. 생존을 위해 나는 서울에서도 교사로 일했다. 얼마 후 둘째 딸이 태어나면서 건강은 많이 회복된 상태였다. 그러나 남편은 시간이 갈수록 독립운동에 매진했다.

신사참배에 반대한 남편은 감옥에 갇혀 모진 고문 끝에 큰 병을 얻어, 일본 등으로 쫓기는 신세가 되었다. 지인이 사는 일본에서 어느 정도 건강을 회복한 남편이 서울에 나타나자, 다시 체포되어 평양 경찰서로 압송되었다. 고달픈 나날이었다. 아무리 일제 치하라지만, 하루도 편한 날이 없었다. 입안이 헐어 밥도 제대로 먹을 수 없었다.

그때 받은 교사 월급이 60원 정도였는데, 서울에서 평양을 오가며 옥바라지하는 데 드는 돈이 200원이었다. 설상가상으로 나까지 경찰의 조사를 받는 신세가 되었다. 다행히 구속은 되지 않았지만, 바람 소리에도 덜컥 놀라곤 했다. 남편이 2년이나 갇혀 있는 바람에, 생활은 점점 궁핍해지고 돈 때문에 받는 압박감은 상상을 초월했다. 지옥 같은 나날이었다.

어떻게든 방법이 필요했다. 그때 대학 은사인 방신영 교수님이 나타나셨다.

"요즘 누비이불 장사가 돈이 된다던데, 해 볼 생각 없나?"

대학 시절 용돈까지 주면서 응원해 주시던 교수님의 말씀이라 거절할 수가 없었다. 그러나 마음속으로는 서운했다. 대학까지 나온 나에게 누비이불 장사를 권하시다니. 그 또한 사치였다. 당장 가족의 생계가 막막한데 체면 따위 생각할 겨를이 없었다. 낮에는 학교에 나가고, 퇴근 후에는 누비이불 장사를 했다. 이 또한 최선을 다해 열심히 했다. 처음에는 문전박대를 당하기도 하고, 여자가 재수 없이 남의 집 대문을 두드린다며 물벼락을 맞기도 했다. 칠전팔기. 죽기 살기로 했다. 지금까지 살면서 공부에 몰입하며 1등을 차지했던 것처럼, 돈 버는 일도 잘하고 싶었다.

어느 날, 골목을 돌며 누비이불을 팔러 돌아다니다 옛 정혼자를 만났다. 그는 말쑥한 차림에 고급 공무원 정도는 될 듯싶은 차림이었다. 나를 본 그는 민망한 듯 고개를 돌리고 가 버렸다. 말할 수 없이 가슴이 무너져 내렸다. 그러나 부끄럽지는 않았다. 독립운동 하느라 감옥에 있는 남편과 시어머니와 자식 키우느라, 보따리 장사하는 일이 죄인가? 진정 부끄러운 일은 나라가 망해도 아무 상관 없이 자기 일신만 생각하는 사람들 아닌가!

굳은 땅에는 물이 고이는 법이다. 누비 장사로 서울에 작은 집도 사고 형편이 훨씬 나아졌다. 직업에는 귀천이 없다는 사실을 몸으로 배운 시간이기도 했다.

우여곡절 끝에 해방이 되었다. 나라는 남북으로 갈리고 말았지만, 어쨌든 남편이 가정으로 돌아오는 계기가 되었다.

"이제 짊어진 보따리 바꿔 맵시다."

남편의 이 한마디가 내 삶을 송두리째 바꾸었다. 어느새 네 아이의 엄마가 된 나였지만, 절대 포기하지 않았다. 이번 기회를 놓쳐서는 안 되겠다 싶었다. 대학 졸업 때쯤 법률 공부하다 만 것부터 마치고 싶었다.

열심히 준비했고, 서울대 법대 1호 여학생이 되었다. 여자 법대생에 관심이 많았던 만큼 부담도 컸다. 우선 온전히 공부에 전념하기가 힘들었다. 비가 오면 열어 놓은 장독대와 빨랫줄에 널어 놓은 빨래 걱정, 저녁에 올 손님 걱정 등 가정주부로서의 한계를 느껴야 했다. 그럴 때마다 찬물을 들이켜며 외쳤다.

"이태영, 정신 차려! 여기까지 온 길, 쉽지 않았잖아!"

어린 법대생들과 토론식으로 하는 공부가 낯설었지만 배워 가며 따랐다. 나이가 많다는 것은 부끄러움도 자랑도 아니었다. 점점 더 동생 같은 법대생들과 친해지고 공부도 할 만했다. 그런데 방학이 되자, 동기생들 얼굴이 보이지 않았다. 무슨 일인가 싶어 기웃거렸더니, 모두 골방에 처박혀 고시 준비 중이었다.
'아, 나도 고시 공부를 할 때가 되었구나.'
인생은 도전의 연속이었다. 밤을 패며 고시 준비를 했지만, 1차 시험에 낙방했다. 모든 과목은 통과했는데 역사에서 낙방했다. 생각지도 못한 단군 이야기가 나와서 제대로 쓰지 못했다. 아쉬웠지만 다음을 기약했다.

독립은 되었지만, 정치권은 아수라장이었다. 남편은 독립운동에서 정치 일선에 뛰어들더니 전쟁 일어나기 1년 전에 야당 국회의원이 되었다. 이승만 정권의 눈엣가시가 된 셈이다.
설상가상으로 전쟁이 발발했다. 어쩔 수 없이 임시 수도였던 부산으로 온 가족이 피난을 갔다. 피난민의 삶은 피폐하기 그지없었다. 한 끼라도 제대로 먹으면 다행인 나날이었다. 시어머니에 네 아이를 먹이고 입히고 재우는 것만으로도 벅찼다. 그런데도 가슴 한쪽이 빈 것 같았다. 고시 공부에 대한 미련이었다. 피난살이 2년째 되던 해에 2회 고등고시가 열린다는 공고가 붙었다. 가슴이 방망이질해 댔다.
'하늘이 내게 준 기회야. 급히 피난 오느라 고시 관련 책 한 권 제대로 챙겨 오지 못했지만. 난 할 수 있어. 도전해 볼 테야. 그런데…. 가족은 어쩐다나?'

밤새워 뒤척이며 고민했다. 잠 못 이루는 날 보고 남편이 솔직히 털어놓았다.

"공부하세요. 두 달밖에 남지 않았다니…. 조용히 공부할 곳을 찾아 나가서라도 도전하세요."

남편은 곧바로 시어머니와 아이들에게 나의 상황을 설명했다.

"어미야, 걱정하지 말고 공부에 매진하거라. 내가 아이들 살뜰히 챙길 테니…."

시어머니의 말을 듣는 순간, 천군만마를 얻은 것 같았다.

그 길로 달동네 다락방을 하나 얻어 들어앉았다. 남편이 헌책방을 돌며 시험에 필요한 책이며 문제집을 구하고, 나 또한 책방을 돌며 필요한 자료들을 구한 뒤 칩거했다. 문밖을 절대 나가지 않았다. 앉은뱅이책상 앞에 앉아 공부만 했다. 온몸이 아프고 열이 나도 찬물로 세수한 뒤 매진했다. 부족한 부분을 채우기 위해서는 두 달이 짧았지만, 가족을 생각하면 두 달은 너무도 긴 시간이었다. 일주일에 한 번씩 남편이 네 아이를 데리고 다락방으로 오면, 잠시 얼굴만 보곤 돌려보냈다. 아이가 칭얼대거나 엄마의 부재로 결핍 증상을 보일까 두려웠기 때문이다. 그런 나를 사람들은 지독한 여편네라며 수군거리기도 했다.

그러나 내게 다락방을 준 주인아주머니는 달랐다. 삼시 세끼 따듯한 밥을 해 주며, 반드시 고시에 합격하길 빌었다. 방값도 받지 않았다. 훗날 반드시 은혜를 갚으리란 다짐으로 밤잠을 아끼며 공부했다.

1952년 8월 고등고시 시험 날이 되었다. 새벽에 일어나 하늘을 올려다보았다. 밤새 더위로 시달린 것조차 잊을 정도로 상쾌한 날씨였다. 예감이 좋았다. 차분히 마지막 시험까지 잘 치르고 나오자, 남편과 네 아이가 환한 미소로 맞아 주었다. 가족이 주는 힘이 얼마나 큰지 새삼 깨닫는 순간이었다.

얼마 후, '최초로 고등고시에 합격한 첫 여성'이라는 기사가 났다. 내 나이 서른여덟이었다. 여든이 넘은 노모를 모시고 네 아이를 키우는 엄마이자, 야당 국회의원의 아내인 여성이 고시에 합격했다는 소식은 뉴스거리였다. 갑자기 여기저기서 인터뷰 요청도 들어오고 축하 메시지도 물밀듯 몰려왔다. 지금까지 지내 온 과정을 말하면서도 스스로 놀랄 때가 많았다. 내가 살아온 38년의 세월이 380년은 된 듯 파란만장했다.

"무엇보다 '짊어진 보따리 바꿔 메자'라고 한 남편에게 고맙습니다. 그는 자기가 한 말에 책임을 질 줄 아는 사람입니다."

진심이었다.

나는 수습을 마친 후 판사를 지원했다. 대부분 원하는 곳으로 발령이 나는데, 6개월이 지나도 감감무소식이었다. 알아보니, 내 이름 옆에만 '예외'라는 딱지가 붙어 있었다. 관계자에게 이유를 물었고 돌아온 대답은 기가 막혔다.

"우리나라에선 아직 여자가 판사가 된다는 것은 시기상조다."

이승만 대통령의 이 말 한마디 때문에 나는 판사가 될 수 없었다. 아마도 눈엣가시인 야당 의원의 아내라는 이유가 컸던 것인지도 모른다.

며칠 고민에 빠졌지만, 주저앉을 수만은 없었다. 전쟁이 끝나 서울 집으로 돌아오게 되었다. 피난 짐을 싣고 한강을 건너며 참 많은 생각이 들었다.

'독립과 전쟁 그 와중에 고시 합격 등 숨 막히듯 달려온 시간의 강을 건넜구나. 이제 시작이다. 무엇을 하든 나만의 삶이 아닌, 대의를 위한 일을 하자.'

판사가 되지 못한 것도 하늘의 뜻으로 받아들였다.

서울 집을 간단히 보수하고 깨끗이 정리한 뒤, 한편에 '이태영 변호사 사무실' 간판을 달았다. 어린 시절 변호사가 무엇인지도 모르고 꿈을 키웠던 순간이 떠올랐다. 나에게 변호사가 되라고 강하게 추천했던 큰오빠는 월북한 터라, 감동의 순간을 함께할 수 없었다. 감회가 남달랐다.

변호사 사무실 문을 열자마자, 힘든 여성들이 물밀듯이 몰려왔다. 마치 내가 변호사 간판 다는 날을 손꼽아 기다린 사람들 같았다. 변호사가 무엇을 하는 사람인 줄도 모르는 이들이 많았다. 무조건 하소연이었다. 무료 변호를 할 수밖에 없는 상황의 연속이었다.

"남편의 외도를 눈감아 줬더니 툭하면 손찌검에 막말까지. 더는 참고 살 수가 없다니까요."

사연마다 눈물 보따리였다. 서럽고 아픈 사연 앞에 삭신이 녹아내릴 지경이었다.

어느 날, 사무실에 한 여성이 찾아왔다. 문 앞에서 자꾸 쭈뼛거리길래, 내가 먼저 문을 열었다. 칙칙한 줄무늬 원피스에 바글바글 볶음 머리를 한 아주머니였다. 늘 찾아오던 억울한 여성 중 한 명일 듯싶어 친절하게 맞았다.

"저…. 나…. 옥잔데…."

세상에나! 어릴 적 친구 옥자였다. 내가 평양 여학교로 전학 갈 때 그토록 아쉬워하던 친구. 평양으로 시집갔다는 소식까지 들었지만 사느라 잊고 지낸 옥자였다. 그런데 차림새가 너무 남루하고 얼굴도 주름살투성이라 전혀 알아볼 수 없었다. 차림새만으로도 모든 게 짐작이 되었다.

"어머나. 옥자야. 반갑다. 어찌 지냈어?"

나는 어린 소녀가 되어 옥자의 손을 잡았다. 옥자는 시커먼 소매에 눈물부터 훔쳤다.

"네가 너무 보고 싶었어. 네가 억울한 여자들 편이 되어 준다는 소식을 듣고 찾아왔어."

어릴 때는 무조건 내 편이 되어 주던 친구가, 도와 달라고 찾아온 것이다. 나는 옥자를 집 안으로 불러들였다. 우선 따끈한 차 한 잔을 권한 뒤, 편하게 이야기 나눌 수 있도록 분위기를 만들었다.

"여학교 가고 싶다고 떼를 썼더니 아버지가 덜컥 정혼자를 구한 거야. 나보다 열 살이나 많은 남자였어. 알고 보니 본부인이 아이 낳다 죽었더라고. 아들 하나가 본처 자식이고 내가 두 아들을 낳았어. 그런데 남편이 노름하는 거야. 거기서 만난 여자와 살림도 하고…. 그러다 들어와서 돈 달라고 생떼를 쓰다 폭력까지…. 참고 살아왔는데 지금은 중풍 맞아 일어서지도 못해. 근데 지금은 본처 아들이 나한테 폭력을 써. 나가라고. 무조건. 남은 재산 혼자 갖고 싶은 거지."

사무실에 찾아오는 여성들과 별반 다르지 않은 내용이었다. 아프고 아픈 사연을 토해 내던 여성들의 무기력한 눈빛도 닮았다. 친구 옥자의 일이다 보니 더욱 안타까웠다. 어릴 때 같이 공부하며 꿈을 키우던 친구인데. 이토록 힘겹게 살고 있다는 사실에 심장이 뜨거워졌다.

"옥자야, 지금부터 내 말 잘 들어. 네 권리를 빼앗겨서는 안 돼. 내가 도와줄 테니 주눅 들지 말고 당당히 나가야 해."

"고마워. 넌…. 아니 변호사님은 어릴 때부터 똑똑하고 당당하더니…. 정말 자랑스럽네…."

옥자는 어린 시절 소녀처럼 수줍게 자기 속내를 드러냈다. 안쓰럽고 아팠다.

옥자 일을 도와주며, 말도 안 되는 상황 앞에 억이 막힐 때가 많았다. 결국 옥자의 억울한 삶이 조금이나마 보상받을 수 있도록 도와주면서 결심하게 되었다.

　주변에 뜻을 함께해 줄 사람들을 찾아다니며 외쳤다. 혼자 힘으로는 아무것도 이룰 수 없었다. 달걀로 바위를 깨는 일과 같을 뿐.

　"이대로는 이 땅의 수많은 여성이 겪는 억울한 일을 해결할 수 없습니다. 남녀의 평등한 권리를 침해하는 부조리부터 바꿔 나가는 일을 해야 합니다. 그러기 위해서는 좀 더 조직적이며 체계적으로 일을 도모해 가야 할 것 같습니다."

　우여곡절 끝에 '여성 법률상담소' 문을 열었다. 무료 변호가 주를 이루면서 다양한 방법으로 약자들의 손을 잡아 주었다. 쉽지 않은 일이었지만 끝내 이루어졌다.

　"이제부터 시작이다. 여성 인권 회복, 가족법 개편, 호주제 개편 등…. 해야 할 일이 산더미처럼 쌓였지만, 벽돌 쌓듯 천천히 해결해 나가자."

　간판 앞에 서서 하늘을 올려다보았다. 피난 시절 고등고시 보러 가던 날 새벽처럼, 날이 맑고 쾌청했다. 쉼 없이 달려온 지난 세월, 그보다 더 치열하게 달려가야 할 현존의 문제들. 그러나 두렵지 않았다. 끝까지 달려갈 일만 남았다. 흙수저도 빛을 발할 수 있다는 것을 증명하기 위해서라도 말이다.

금남로의 잔 다르크

이 글은 《민주를 지켜라!》(서해문집, 2020)에 수록한 〈금남로의 잔 다르크〉를 수정한 것입니다.

"정치가 흔들리면 우리의 미래도 흔들립니다. 나라가 없으면 우리도 없습니다. 지금은 우리가 민주주의를 위해 나서야 할 때입니다. 나갑시다. 함께!"

'전국 학생 나라 사랑 웅변대회'에 나온 영민의 우렁찬 목소리에 관객 모두 기립박수를 쳤다. 진숙은 대회장에 들어서는 순간부터, 전국에서 모인 학생들의 열기에 기가 죽었다. 무대를 꽉 채우며 발표하는 영민을 보자 더욱 의기소침해 제대로 발표조차 못 했다. 지난번 다른 대회에서 우승한 남학생이라 더욱 그랬다. 이번 행사의 꽃인 대상은 영민에게 돌아갔다. 큰 상을 받으면서도 영민은 호들갑을 떨거나 으스대지 않았다. 행사에 참여한 모든 학생이 단체 사진을 찍는데, 진숙은 우연히 영민 옆에 섰다. 상패를 든 영민이 부러웠다. 모든 행사를 마치고 밖으로 나오려는데, 영민이 진숙에게 다가와 먼저 말을 붙였다.

"우리 펜팔 하자. 이거 우리 집 주소와 전화번호야. 빛고을에 대해 관심이 많았는데…. 우리 민족 민주주의의 산실이잖아. 그래선지 광주에 사는 널 보는 순간 눈에 확 띄었어. 웅변하는 모습도 잔잔해서 좋았고."

영민은 메모가 적힌 종이를 건네며 자연스럽게 반말을 했다. 나쁘지 않았다. 주위에 펜팔 하는 친구들이 꽤 된다. 해외 친구와 펜팔을 하기도 하지만, 남학생과 여학생이 편지를 주고받는 게 유행처럼 번졌다. 진숙은 먼 나라의 일로만 생각했다. 그런데 대상을 받은 남학생에게 펜팔 제의를 받다니. 더군다나 영민은 키도 크고 서글서글한 눈매까지 갖춘 매력남 아닌가. 진숙의 실종된 자존감이 되살아났다.

"너도 얼른 주소 적어 줘."

영민의 다그치는 소리에 진숙은 자취방 주소를 적어 주곤 얼른 밖으로 나왔다. 부끄러우면서도 설렘을 감추지 못한 채.

'오늘쯤 영민에게 편지가 왔을 텐데….'

잔뜩 기대감을 안고 자취방을 향해 걷는다. 봄 내음 가득 실은 바람이 콧등을 스친다. 시멘트 바닥을 뚫고 피어난 민들레가 진숙을 반긴다. 들꽃과 눈길을 마주치면서도 연신 영어 단어를 외운다. 농사는 물론 온 동네 허드렛일을 맡아 하느라 손등이 터진 엄마를 생각하면 게으름을 피울 수 없었다.

단어를 외우다 보니 어느새 언덕에 이르렀다. 노란 개나리꽃 속에 잠긴 자취방을 본다. 일본식 이층집의 빛바랜 대문에 걸린 우편함을 보자 가슴이 콩닥거렸다. 진숙은 단어장을 가방에 집어넣고 바삐 걷는다. 낡은 우편함 속으로 손을 집어넣는다. 바스락. 꽤 두꺼운 편지봉투가 손에 잡힌다. 주위를 두리번거리며 편지를 꺼낸다. 영민과 펜팔을 한 지 1년이 되어 간다. 그럼에도 영민의 편지를 보면 늘 설렌다. 시간이 지나면서 영민과의 펜팔은 진숙의 모든 것이 되었다. 영민은 다양한 책을 읽고 서평을 써 보냈다. 문학도답게 문장도 깔끔하고 내용도 깊어 놀랄 때가 많았다. 진숙은 편지를 받은 다음 날이면 영락없이 도서관에서 책을 빌려 읽곤 했다. 감동을 주는 장면이 나오면 영민을 만난 것처럼 두근거렸다. 다양한 책을 읽을 때마다 영민이 비춰 주는 등불을 따라 걷는 느낌이었다. 주고받는 편지가 쌓일수록, 미묘한 감정도 깊어 갔다.

친구 이야기도 간간이 들어 있고, 미래의 꿈도 있었다. 영민은 군 장교가 되고 싶다고 했다. 진숙은 영민의 편지를 읽고 나서야, 자신이 하고 싶은 일이 무엇인지 생각해 보게 되었다.

진숙에게 영민의 편지는 타지에 와 겪는 외로움을 덜어 주는 따듯한 아랫목이자 보드라운 손수건이기도 했다. 답장을 쓰기 위해 세계 명작이나 인문 서적을 읽기도 하고, 들에 핀 식물이나 돌멩이마저도 예사롭지 않게 보았다. 때로는 빛나는 시어나 소설 문장을 찾기 위해 밤을 새우기도 했다. 예쁜 편지지에 펜으로 글을 쓰다 보면, 언젠가 만날 영민을 상상하게 된다. 그때를 생각하면 절로 미소가 나오곤 했다.

진숙은 자취방에 들어서자마자, 편지봉투를 뜯었다. 영민의 편지는 무려 다섯 장이나 되었다. 하얀 백지 위에 쓴 글씨가 영민의 바리톤 목소리처럼 느껴졌다.

지난 3월 8일은 피의 일요일이었어. 나와 뜻이 통하는 동지 몇몇은 일요일 등교 이유를 강력하게 따져 물었지. 선생님은 교장 선생님의 지시라는 말 외에는 아무 말도 못 하고. 우리는 수업을 거부한 채, 체육관에서 대안을 마련하며 결의를 다진 날이었어. 부정 선거는 무슨 수를 써서라도 막아야 해. 이대로 나라가 망해 가는 것을 보고만 있을 수는 없어. 단연코. 거기 광주는 어떤지? 소식 궁금하니 전해 주길 바라. 민주화운동의 성지나 다름없는 빛고을에서도 분명 강렬한 움직임이 있을 거라 믿어. 얼어붙은 땅을 뚫고 피어나는 민들레처럼 이 나라도 강건하길 빌자. 누구보다 진숙, 너와 함께라서 더욱 힘이 난다.

언제나 영민은 나라 걱정을 많이 했다. 이런 글을 읽을 때마다 진숙은 나이는 같아도 영민이 대학생 오빠같이 느껴졌다. 영민의 편지는 점점 더 연설문처럼 변해 갔다. 전에는 가끔 달콤한 시에 자신의 마음을 빗댄 감성적인 글도 많았다. 진숙은 영민 글의 행간에 깃든 마음을 헤아리던 재미가 사라진 것이 아쉬웠다. 그럴수록 어지러운 세상이 원망스러웠다.

진숙은 심란한 마음으로 마당에 있는 수돗가로 나갔다. 밀린 빨래를 하려는데, 주인아저씨가 손에 누런 봉투를 한 아름 들고 왔다.

"어이, 요즘 교복 입은 학생들이 날뛴다던디…. 모두 빨갱이들 술수에 넘어가서 말이제. 거 뭐시냐…. 자네도 데모에 나서는 건 아니것제? 시골에서 허리춤 줄이며 유학 보낸 부모님 생각해야제! 뭐냐… 엉뚱한 데 신경 쓰지 말고 거시기허라고!"

진숙은 안하무인격인 아저씨가 마음에 들지 않았다. 통장이라는 이름으로 주민들에게 은근히 압력을 넣기도 하고, 고무신이며 국수 등을 선물로 돌리는 것도 눈에 거슬렸다. 영민의 말대로 주인아저씨는 역사를 거꾸로 돌리는 선거꾼인 셈이다.

"어른이 걱정이 되어서 말을 하면, 가타부타 대답을 해야제…. 시방 이게 무슨 태도여. 내 말이 말 같지 않다 이건감?"

진숙이 분노를 숨기려고 일부러 비누칠을 벅벅 해대는 것을 모른 척, 아저씨는 속을 긁었다. 성난 황소처럼 씩씩대기까지 하면서.

"암튼 요즘 대갈빡에 피도 안 마른 것들이 시건방만 늘어 갖고…. 말이 안 통한다니께."

아저씨는 정치 광고가 어지럽게 써진 전단을 던져 놓고 방으로 들어갔다. 진숙은 읽지도 않은 채, 쓰레기통에 집어넣으며 중얼거렸다.

"내가 귀도 눈도 없는 멍청인 줄 아나. 저러니 학생들이 깃발을 들 수밖에…. 아저씨같이 맹목적인 시민들 때문에 나라가 병드는 것도 모르고. 쯧…."

진숙은 주인집과 같이 빨랫줄 쓰는 것도 못마땅해 방에 줄을 걸고 널었다. 왠지 마음이 뒤숭숭해 책이 손에 잡히지 않았다. 책상 앞에 앉아 라디오를 켰지만, 잡음이 너무 많아 꺼 버렸다.

간이 책꽂이에 꽂힌 책을 무심히 훑는데, 영민이 보내 준 '타고르' 시집에 눈길이 멈췄다. 두세 번 읽었지만, 다시 뽑아 들었다.

일찍이 아시아의 황금 시기에
빛나던 등불의 하나인 코리아
그 등불 다시 한 번 켜지는 날에
너는 동방의 밝은 빛이 되리라

진숙은 '동방의 밝은 빛'이라는 시어에 줄을 긋다 꽃무늬 가득한 편지지를 꺼냈다. '타고르의 시'를 인용해, 영민에게 답장을 쓰기 시작했다. 감정의 물결대로가 아닌, 냉정하다 싶을 만큼 절제된 언어를 골라 썼다. 영민이 이성 친구라는 것을 의식하는 것인지도 모른다. 한 문장마다 깊이 생각하며 글을 쓰다 보니, 어느새 새벽 먼동이 터왔다. 뒤란에서 들려오는 수탉의 홰치는 소리에, 이불 속으로 들어갔다. 까무룩 잠이 들다 깼지만, 피곤하지 않았다. 밤새 온 힘을 다해 쓴 자신의 편지를 읽을 영민의 모습을 상상하는 것만으로도 즐거웠다.

새벽별을 보며 학교에 가려 나서는데, 전단을 들고 나가던 주인 아저씨와 눈이 마주쳤다.

"어이, 거시기 말여. 밤새 전등을 켜 놓고 자는겨? 아따메 이번 달 전기세 폭탄 맞겠구먼. 그건 그렇고 내가 준 지라시는 읽어 본 거제? 괜히 망둥이처럼 학생들 데모하는 데 끼어들지 말랑게. 우리 집에 사니까는 내가 부모나 마찬가지니께 이런 말도 해 주는 거니 고깝게 듣지는 말고, 잉."

"학교 다녀오겠습니다."

진숙은 아저씨의 말을 무 자르듯 단칼에 잘라 버린 뒤, 인사를 하고 종종걸음으로 길을 나섰다. 볼에 와닿는 새벽바람 속에서 봄 냄새가 폴폴 묻어왔다.

학교 담벼락 사이에 간간이 심어 놓은 목련 나무에 봉긋 꽃봉오리가 올랐다. 진숙은 고향 집 마당에 있는 목련 나무가 생각났다. 교문 안으로 들어서는데, 선도부 대장인 경희 언니가 조심스럽게 진숙을 불러 세웠다. 같은 웅변 동아리이자 고향 선배인 경희 언니의 긴장한 눈빛을 보자, 의아했다.

"오늘 수업 끝난 후, 동아리방으로 와. 일단 점조직으로 연락은 다 취해 놓았지만, 담임 눈치채지 못하게…."

진숙은 선도부 대장답게 깔끔한 옷차림에 반듯한 경희 언니가 늘 멋져 보였다. 전교 1등 자리를 놓치지 않는가 하면, 운동도 잘하고, 노는 데도 빠지지 않는 언니가 자랑스러웠다. 한마디로 진숙의 본보기였다.

진숙은 아무도 없는 교실 문을 열고 들어설 때면 늘 기분이 좋았다. 새벽밥 챙겨 먹고 달려온 진숙에게 분필 냄새는, 누군가 말없이 보내 주는 응원가 같았다.

창문을 열어 환기를 시킨 뒤, 칠판을 깨끗이 닦고, 분필도 가지런히 정돈했다. 교실 뒤에 있는 쓰레기통을 살핀 뒤, 자리에 앉아 못다 한 숙제를 끝냈다.

"와우, 찐숙 넌 진짜 뺌생이다. 오늘도 대빵 일찍 나왔네. 나도 일등 쫌 해 보자. 잉?"

짝꿍이 농담처럼 말했다. 진숙은 어깨를 으쓱해 보인 뒤, 다시 단어장에 코를 박았다. 첫 교시에 보는 영어 쪽지 시험이 신경 쓰였다. 잠시 후, 영어 선생님이 출석부를 들고 들어왔다.

"제군들은 왜 죽도록 영어를 해야 하는지 생각해 본 적 있나?"

영어 선생님의 느닷없는 질문에 학생들은 어안이 벙벙한 채, 할 말을 잃었다.

"영어 종주국인 미국이 이 작은 땅덩어리인 대한민국을 쥐락펴락 흔드는데, 너흰 영어 단어만 암송하면 그만이냐고. 학생을 다그치는 나도 한심하긴 마찬가지고…. 그. 러. 나. 나라가 흔들려도 시험은 봐야겠지? 종말이 와도 사과나무를 심자던 철학자처럼 말이야. 하하….”

언제나처럼 궤변을 늘어놓는 영어 선생님의 말에 교실은 찬물을 끼얹은 듯 조용했다.

"선생님. 오늘 영어 쪽지 시험 치워 뿌리면 안 됩니까. 시방 어른들 하는 것 보면 억장이 무너지는데….”

영어 선생님 못지않게 괴짜인 짝꿍 말에 교실은 단숨에 아수라장이 되었다.

"맞아요. 지금 쪽지 시험 보고 앉아 있긴 좀 거시기합니다.”
"우리를 영어의 노예로 사육하지 마십시오.”
"우리도 거리로 나가야 합니다.”

벌집을 쑤셔 놓은 것처럼 시끌벅적 난리였다. 혼자라면 절대 뱉지 못할 말을 군중심리에 얹혀 목청껏 뱉었다.

교장 선생님이 교실 문을 열고 들어선 건, 찰나였다.

"허 선생! 지금 뭐 하는 겁니까? 그렇잖아도 온 나라가 시끄러운데…. 데모 연습이라도 합니까? 정신 차리세요. 제발.”

교장 선생님이 포마드 기름 잘잘 흐르는 머리를 만지며 소리쳤다.

"죄송합니다. 교장 선생님. 저…. 다름 아니라….”

여유 만만하던 영어 선생님은 고양이 앞의 생쥐 꼴로 말까지 더듬었다. 진숙은 영어 선생님의 조크가 허세였다는 생각에 실망스러웠다.

"들어온 김에 말하자면, 우리 학교 학생들은 절대로 유언비어나 빨갱이들이 뿌린 전단에 속아서는 안 됩니다. 쓸데없이 데모대에 휩쓸렸다가는 불행한 결과가 기다린다는 것을 인지하고…. 학생은 공부만 하면 된다는 사실을 단 한 순간도 잊지 말도록….”

교장 선생님의 말에 학생들은 고개를 숙인 채, 아무 말도 하지 않았다. 진숙은 가슴 깊은 곳에서부터 끓어오르는 분노의 눈길로 교장 선생님을 쳐다보았다. 그는 영어 선생님을 다그치느라 진숙에게는 관심조차 없었다.

'선생님들은 대한민국이 제대로 돌아가고 있다고 믿는 걸까?'

진숙은 교장 선생님께 대놓고 묻지 못하는 자신이 바보 같았다. 영민이라면 용감하게 나섰을 거란 생각에, 자신이 작아 보였다.

점심시간 후, 생물 시간에 갑자기 담임 선생님이 들어왔다. 도시락으로 싸 온 김치 냄새를 내보내다 말고, 진숙은 깜짝 놀랐다. 정년 퇴임이 얼마 남지 않은 담임 선생님이 잔뜩 긴장한 목소리로 말했다.

"긴급 정보다. 오늘 단축 수업 명령이 떨어졌으니 가방 싸도록.”

"선생님. 나라가 폭망했나요? 단축 수업은 씬나요…. 근디 왠지 불안하구먼요.”

영어 선생님에게 돌직구를 날리던 짝꿍이 넉살 좋게 말했다. 선생님은 늘 그렇듯 '괴짜'의 말은 들은 척도 않았다. 담임 선생님은 지구의 종말을 알리기라도 하듯, 심오한 표정으로 말했다.

"나라가 불순분자들에 의해 혼란스러운 때이니만큼…. 쓸데없이 거리에 나돌아 댕기지 말고…. 곧장 집으로 가도록! 특히 정신 나간 학생들이 날뛰는 금남로는 얼씬도 말도록."

"내일은 정상 수업하나요?"

반장인 미자가 묻자 담임 선생님은 미간을 찡그리며 말했다.

"나라가 아무리 뒤숭숭해도 학생은 본분을 지켜야지? 모두 미쳐 날뛴다고 너희까지 뿔난 망둥이가 되면 안 되지."

담임 선생님이 말을 마치고 나가자, 친구들도 삼삼오오 모여 웅성대며 교실을 빠져나갔다. 친구들이 빠져나간 교실은 가을걷이가 끝난 들판처럼 썰렁했다. 다행히 창문 너머로 들어온 햇살 덕분에 교실은 따뜻했다. 미화부장의 직무를 다하기 위해 정리를 하면서도 진숙은 담임 선생님의 말이 영 못마땅했다. 부정 선거 때문에 온 나라가 들썩여도 담임 선생님은 꼰대 기질을 못 벗다니.

진숙은 마음만큼이나 무거운 가방을 들고 경희 언니를 만나기 위해 교실을 나섰다. 뒷문을 통해 동아리방에 가는 동안 선생님들과 부딪치지 않으려 조심하며. 동아리방 깊숙한 곳에 들어서니, 교복 입은 학생 열 명 정도가 모여 있었다. 대부분 경희 언니와 같은 3학년이었고, 진숙과 같은 2학년이나 1학년은 한 명씩밖에 없었다. 잠시 후, 헐레벌떡 들어서던 경희 언니가 고개를 끄덕이며 인원을 셌다.

"오늘 스무 명쯤 연락했는데 딱 반밖에 안 왔네. 여기 모인 사람들만이라도 똘똘 뭉쳐 보자고."

경희 언니가 다소 실망한 듯싶어, 진숙은 힘을 보태고 싶었다.

"제 자취방 아저씨도 부정 선거 운동 하느라 바빠요. 실은 시골에 계신 아버지도 선거 운동원일지도 몰라요. 제가 말리려고요. 여기 모인 모두가 일당백 역할을 하면 될 것 같아요. 숫자보다는 열정이 더 중요하죠."

경희 언니는 진숙의 말에 양손에 브이 자를 그리며, 열변을 토하기 시작했다.

"지금 광주고는 물론 조대부고, 광주상고, 농고, 수피아여고, 광주여고 모두 시위에 동참하자는 의견이 모이고 있어. 우리 전남여고도 당연히 참여해야겠지? 단축 수업도 그렇고…. 선생님들이 완강하게 나오는 걸 보면…. 나가는 일이 쉽지는 않을 것 같아. 구체적이면서도 좋은 방법은 없을까. 돌아가면서 의견을 내 보자고."

경희 언니의 말에 여러 방안이 나왔다. 이야기를 나눌수록 열기는 더해 갔다.

"우리는 학생이라는 이유만으로 조용히 있어야만 했어. 특히 여학생이기에 더 강압적이었지. 지금은 우리가 나서야 할 때라고 생각해. 각기 어른들이 벌이는 부정행위에 대해 감시도 해야 하고."

"우리 동네 통장은 동네 사람들 모아 놓고 자유당 찍으라고 연설한 뒤…. 돈봉투를 주기도 하고…. 고무신도 준대요. 우리 아버지도 선물 받아 왔다고 좋아하더라고요. 그것도 이틀이 멀다고 말이에요. 돈봉투는 받았어도 비밀이겠죠."
 1학년 여학생의 말에 진숙도 주인아저씨의 행동에 대해 부연 설명을 하려는데, 3학년 선배가 나섰다. 경희 언니의 단짝이라 진숙도 잘 아는 선배다.
 "대통령을 연임하기 위해서 별별 방법을 짜고 있나 봐. 죽은 사람 이름으로 투표용지를 만들어 돌리기도 하고…. 동네 사람마다 감시원을 붙여서 자유당 아니면 따돌려서 동네 외톨이를 만들어 버린다든가…. 민주당 편인 것 같은 사람들 찾아다니며 온갖 협박과 회유를 하기도 하고. 온갖 치졸한 방법을 다 동원한다니…. 우리가 나서야겠지."
 선배의 말에 모두 혀를 찼다. 많은 사례와 이야기가 오갔다. 더는 참을 수 없다는 결론이 났다. 각 학교 대표끼리 모이는 자리에 경희 언니가 참석한 뒤, 시위에 참여하기로 하고 헤어졌다. 무슨 수를 써서라도 부정 선거는 막아야 했다.
 "학교도 맘대로 단축 수업했던 것처럼…. 우리도 수업 거부할 권리가 있어. 어쨌든 단단히 마음먹자고."
 "가자! 민주주의를 위하여! 공정한 투표를 위하여!"
 경희 언니의 선창으로 모두가 외쳤다. 선도부 대장으로 활동할 때보다, 더욱 단호한 언니의 말투에 절로 힘이 났다. 가슴 깊은 곳에서 뜨거운 그 무엇이 끓어올랐다.
 자취방으로 가기 위해 교문을 나서자, 땅거미가 뉘엿뉘엿 졌다.

고향 생각이 가장 많이 나는 시간이다. 시골에 살 때 엄마는 들일이며 살림하느라 단 한 번도 진숙에게 살갑게 대한 적이 없다. 아버지 또한 젖소 키우랴, 농사짓느라 바쁘기로 말하면 대한민국 최고다. 거기다 동네 이장까지 맡아보느라 풀 방구리에 쥐 드나들 듯 면사무소에 드나들었다.

'혹 아버지도 이장이라고…. 부정 선거의 앞잡이 노릇을 하는 거 아닐까? 주인집에서 전화해야 하니…. 맘대로 전화를 걸 수도 없고….'

진숙은 불안한 마음에 발걸음을 빨리했다. 전화 대신 아버지에게 편지를 써야겠다는 생각이 들자, 일분일초가 아까웠다.

노란 개나리꽃과 울타리 밑의 꽃다지들이 진숙을 맞아 주었다. 습관처럼 우체통에 손을 넣어 본 뒤 문을 열었다. 자취방 마당에 불이 환하게 켜져 있어 깜짝 놀랐다. 진숙이 들어서자, 마을 사람들의 눈길이 일제히 진숙에게 쏠렸다. 진숙은 못 올 데를 온 것처럼 움칫했다. 멍석을 깔고 동네 사람들이 모여 먹고 마시느라 정신없었다. 주인아저씨가 얼큰하게 취한 얼굴로 소리를 질렀다.

"어이, 잘 왔네! 여기 와서 떡 좀 먹제. 이번에 선거위원장으로 나선 자유당 당원 나리가 한턱 쏘는 거니까 맘껏 먹으랑게. 멸치국수 맛도 기맥히고…. 동네 어르신들이니까 편하게 인사하고…. 순천 가시나인디 핵교서 공부를 엄청시리 잘한당게요."

주인아저씨는 진숙을 막내딸이라도 되는 듯 살갑게 대했다. 진숙은 속마음을 숨긴 채 최대한 겸손하게 말했다.

"학교에서 간식 먹었어요. 저는 할 일이 많아서 이만 들어갈게요."

방으로 들어와서도 벌렁거리는 가슴은 쉽사리 가라앉지 않았다. '흥청망청 먹고 마시는 데 드는 돈의 출처는 어디일까? 우리 집에서도 지금 동네 사람들 눈과 귀먹게 하는 잔치 중인 거 아닐까?'

진숙은 앉은뱅이책상을 펴 놓고, 편지지를 꺼냈다. 아버지에게 '역사 앞에 부끄러운 사람'이 되지 말아 달라고 간곡히 썼다. 무학에 농사꾼인 아버지지만 자신의 마음을 헤아려 줄 것이라 믿었다. 감정이 격해지면서 영민에게도 한 줄 남기고 싶은 욕구가 생겼다.

안녕? 지금처럼 '안녕'이라는 말이 절실한 적은 없네. 여기 광주도 서울과 다르지 않아. 우리 학교도 시위에 참여하기로 결의했어. 어쩌다 우린 이렇게 부패한 나라에서 태어나 어른들 걱정하느라 밤잠을 설쳐야 할까? 목련꽃이 활짝 피는 날에는 우리도 환하게 웃을 수 있으면 좋겠어.

진숙은 '목련이 필 때쯤 얼굴 보자'는 말을 썼다 지웠다.

3·15선거는 결국 부정 선거로 끝났다. 그러면서 학생들이 거리로 나서기 시작했다. 진숙이 다니는 학교는 매우 강경 태세로 나갔다. 학생들이 시위에 참여하지 못하도록 전력을 다했다. 억압할수

록 뿜어내는 힘이 크다는 걸 모르는 것이다. 결과적으로는 이 모든 것들이 학생들의 열기에 기름을 부은 격이 되었다.

전교생은 아니지만, 동아리는 물론 많은 학생이 모인 자리에 경희 언니가 우뚝 섰다.

"이젠, 절대 참을 수 없습니다. 정권 연장에 혈안이 되어 부정 선거로 당선된 대통령은 우리의 대통령일 수 없습니다. 사할 사전 투표, 삼인조 혹은 오인조 공개 투표도 부족해 불법투성이인 이번 투표는 사기임을 밝혀야 합니다."

경희 언니의 격렬한 말투로 시작된 분위기는 그 어느 때보다 뜨거웠다. 경희 언니는 입수해 온 '결의문'이 적힌 종이를 나눠 준 뒤 선창했다.

"삼일오 선거는 부정 선거다."

"협잡 선거 다시 하자."

"학원의 정치 도구화를 배격한다."

"자유로운 학생 동태를 감시 마라."

"우리의 거사는 오로지 정의감과 자발적 의사에서 나온 것임을 밝힌다."

결의문을 외치는 진숙의 손아귀에 절로 힘이 가해졌다. 충장로와 금남로에서는 연일 고등학생들의 시위가 이어지고 있다는 소식을 들었지만, 직접 나가지는 못했다. 한 가지 마음에 걸리는 것은 영민에게 답이 없다는 것이다. 그동안 이런 경우는 처음이라 더 답답했다.

"우리도 금남로를 향해 나갑시다."

진숙이 잠시 영민 생각에 빠져 있는 사이, 학생들이 함성을 질렀다.

"삼일오 협잡 선거 다시 하자."

"도둑맞은 주권, 우리가 되찾자."

경희 언니의 선창으로 이어진 학생들의 목소리는 하늘을 찔렀다. 구호를 외칠수록 속에서 들끓는 열기는 더해 갔다.

정문은 굳게 닫혀 있었다. 학생들이 시내로 진출한다는 소식을 접한 선생님들이 띠를 이뤄 학생들을 가로막았다. 교장 선생님의 얼굴은 보이지 않았다.

"우리도 민주주의는 원한다. 나라가 잘못되어 가고 있다는 것도 알고. 다만 학생인 너희들이 나서서 될 일이 아니라는 거지. 정치는 어른들에게 맡기고 너희는 본분을 다해야 한다는 거다. 지금 시위대에 섞이면 피를 볼 수도 있고…."

생활 주임 선생님의 목소리에 진정성이 묻어 있다는 걸 느낄 수 있었다. 무조건 막는 것이 아니라, 학교의 안녕과 학생들을 보호하기 위해서라는 말. 기만은 아니다. 그러나 순응할 수는 없었다.

온 나라가 늪으로 빠져들어 가는 것을 보고만 있을 수는 없지 않은가!

"선생님. 말리지 말아 주세요. 서울이나 마산, 대구 등에서는 이미 학생들이 대거 나섰습니다. 우리를 역사 앞에 부끄러운 학생으로 남게 하지 마세요. 민주주의의 산실이라 불리는 광주에서 침묵을 지키는 건 비겁한 일 아닙니까?"

진숙은 저녁마다 자취방에서 들은 라디오 뉴스가 생각나, 용기 있게 말했다. 동아리 학생들은 물론 경희 언니도 놀란 표정이었다. 지금까지 말없이 따르기만 했던 진숙의 강경한 발언에 힘을 얻은 듯, 손뼉을 쳤다.

"맞습니다. 이제 우리를 막을 수 없습니다. 어른들이 망쳐 놓은 세상, 우리가 되찾을 것입니다. 나가자! 금남로를 향해!"

경희 언니의 외침에 삼삼오오 모인 학생들이 우레와 같은 함성을 질렀다. 생활 주임 선생님은 시대의 흐름을 막을 수 없다고 생각한 것 같았다. 말없이 문을 열어 주었다. 그러곤 무거운 발걸음으로 교무실을 향해 갔다. 진숙은 흥분의 도가니 속에서도 분명 보았다. 생활 주임 선생님이 연신 눈가를 훔치는 모습을.

금남로는 교복을 입은 학생들의 물결로 파도를 이뤘다. 무쇠와 같은 강렬한 힘이 느껴졌다. 경희 언니의 선두로 시위대에 합류한 진숙은 구름 위에 올라탄 기분이었다.

진숙은 '죽으면 죽으리라'는 다짐으로 주먹을 불끈 쥐었다. 수많은 학생 속에서 구호를 외치며 움직이다 보니, 남학생들 사이에 끼어 있었다. 낯설거나 부끄럽지 않았다. 오히려 '정의'를 위해 한목소리를 낸다는 것만으로도 동지애를 느꼈다. 불현듯, 서울에서 똑같은 구호를 외칠 영민 생각이 났다. 몸은 떨어져 있어도 하나가 된 기분이 들었다. 묘하면서도 강한 기운이 온몸을 감쌌다.
"경찰이 대거 투입되었다."
앞에서 진두지휘를 맡은 남학생이 크게 외쳤다.
"우리는 물러서지 않을 것이다. 우리는 끝까지 나설 것이다. 민주주의를 위하여!"
주동 학생의 도발적인 발언에 경찰들은 최루탄을 쏘고 하늘로 공포탄을 쏘았다. 순식간에 금남로는 전쟁터가 되었다. 교복 입은 학생들이 공포에 떨면서 주택가나 상가로 숨어들었다. 도망가는 여학생을 끝까지 쫓아가는 경찰도 보였다.
진숙은 아수라장이 된 시위대 속에서 경희 언니를 찾았다. 동아리 친구는 물론 같은 교복을 입은 학생들조차 눈에 띄지 않았다. 불길한 예감이 파도처럼 밀려왔다.
학생들과 경찰이 엉켜 죽을 듯 싸우는 모습을 보자, 피를 볼 수도 있다는 공포감이 몰려왔다. 갑자기 며칠 전에 전화를 건 아버지 목소리가 떠올랐다.

깊은 밤이었다. 주인아저씨가 심드렁한 소리로 전화를 받으라고 했다. 아저씨 내외는 잠을 자기 위해 이불을 편 상태였다. 몸이 불편한 아주머니는 이미 코를 골고 있었다.
"지금부터 아비가 하는 말 잘 들어야 혀. 시방 가시나 니가 건방을 떨 때가 아니구먼. 똥구멍이 찢어질 정도로 가난한 행편에, 광주 핵교까지 보낸 것은…. 니 머리가 아까워서였지. 데모하란 것 아닝게. 허투루 나서지 말라고, 잉. 엄한 짓거리 하믄 다리몽둥이를 분질러 버릴 것잉게. 주인집 성가시겠구먼. 고만 끊을랑게. 암튼, 데몬가 뭔가에 나서면 호적에서 파 버릴 것잉게. 허투루 듣지 말어."

아버지의 말이 두렵거나 무섭진 않았다. 아버지는 맹목적인 충성심에 빠져 있었다. 그래서 더욱 서럽고 아팠다. 아버지는 모를 것이다. 누런 봉투에 담긴 몇 장의 돈과 고무신 한 켤레에 나라를 팔아먹었다는 기막힌 사실을.

"가시나들이 허벅지 다 보이는 교복 치마 입고 뭔 지랄이여. 지 부모들 피 빨아 먹는 버러지 같은 것들. 모두 갈아 뿌려 버려!"

늙은 경찰의 말에 피라미 경찰들이 날뛰었다. 골목으로 도망치던 진숙은 숨을 죽인 채, 들개처럼 혈안이 된 경찰들을 살펴보았다. 실은 경희 언니가 걱정됨과 동시에 똑같은 상황에 부닥쳤을지도 모를 영민 생각에 쉽게 자리를 뜰 수 없었다.

가게 문은 이미 닫힌 상태였고, 시위대 속에 시민이나 대학생은 별로 눈에 띄지 않았다. 꽃봉오리조차 피우지 못한 학생들만 목청껏 소리를 지르다 경찰에 연행되어 갔다. 공포탄 터지는 소리에 귀가 먹먹했다. 소낙비 내리듯 연신 최루탄이 쏟아졌다. 전쟁터가 따로 없었다. 콧물은 참을 수 있지만, 눈을 뜰 수 없을 정도로 따갑고 아팠다. 거리에 아는 얼굴이 하나도 보이지 않자, 두려움이 엄습했다. 미로와 같은 뒷골목을 빠져나와 자취방으로 가는 길목으로 들어섰다. 미세한 봄바람에 실려 온 최루탄 냄새에 괴로웠다. 울고 싶지 않아도 절로 눈물이 났다.

진숙은 꽤 먼 거리를 혼자 걸었다. 시내를 벗어나자 집집마다 문이 잠겨 있었다. 부스스한 털을 날리며 먹이를 찾는 들개와 눈이 마주쳤다. 늙은 경찰의 눈과 닮았다. 진숙은 눈길을 피해 터덜터덜 걸었다. 거리엔 적막감만 감돌았다. 금남로의 악몽이 되살아날까 두려웠다.

자취방이 보이자, 발걸음이 더욱 빨라졌다. 온몸에 묻은 매캐한 냄새를 얼른 뽑아내 버리고 싶었다. 주인아저씨는 부재중이었다. 우물가에 선 목련 나무의 꽃봉오리가 봉긋 부풀어 올랐다. 방으로 들어서다 말고, 진숙은 다시 대문에 걸린 우편함에 손을 넣었다. 콩콩. 심장이 뛰었다. 만져 보는 것만으로도 영민의 편지라는 것을 알 수 있었다. 가방을 집어 던진 채, 허기진 아이처럼 편지 봉투를 뜯었다.

답이 늦었어. 아니 투표 결과를 보는 순간, 모든 게 헛되다는 생각이 들었어. 부정 선거를 막기 위해 얼마나 애를 썼는데 말야. 결국은 수렁으로 들어가는 나라를 보고만 있는 민주당도 맘에 안 들고,

인자한 얼굴로 국민을 기만하는 대통령의 이름을 듣는 것만으로도 구역질이 났어. 모든 게 부질없다는 생각에 며칠 학교도 나가지 않았어.

천장을 바라보며 멍하니 누워 있는데, 마산의 김주열 동지가 시체로 발견됐다는 소식을 들었지. 가슴이 터질 것 같았어. 자괴감의 이불을 걷어찬 뒤, 경무대를 향하는 시위대 속으로 들어갔어. 거기서 나는 피 흘리며 경찰에게 개돼지처럼 끌려가는 동지들의 모습을 보았어. 그건 내가 끌려가는 것이나 다름없었지. 늘 가슴에 품고 다니던 태극기와 면도칼을 꺼냈어. 예리한 칼날이 닿는 순간, 무서웠어. 엄지손가락에서 샘물처럼 솟아오르는 붉은 피를 보는 순간, 알 수 없는 힘이 생기는 거야.

'물러나라 독재자'

혈서를 쓰는 동안은 아픈 줄 몰랐어. 당연히 내가 해야 할 일이라고만 생각했지. 사람들의 박수 또한 내가 바라던 것은 아니었어. 내가 흘린 한 모금의 피로 민주주의를 얻을 수 있다면! 오직 그 마음뿐이었어. 불꽃이 되어 사라진다 해도.

광주, 내가 사랑하는 빛고을에서도 피비린내가 올라오는 듯싶어. 보고 싶다. 나의 동지, 나의 요새여! 하얀 목련이 피면 우리 얼굴 볼 수 있을까? 그랬으면 좋겠다.

*추신: 면도칼이 지나간 자리가 꽤 깊었나 봐. 상처에 고름이 생겨

서 고생 좀 했어. 답장이 늦어진 이유를 쓰려니 별걸 다 말하네.

 진숙은 영민의 편지를 읽어 내려가는 동안, 연신 눈가를 훔쳤다. 후끈 온몸에 열이 올랐다. 영민이 센 줄은 알았지만, 혈서까지 쓸 줄은 몰랐다. 진숙은 영민과 함께 호흡을 같이한 시간의 강을 거슬러 올라가 보았다. 처음에는 추억 쌓기 정도로 가볍게 생각했다. 시간이 지나면서 단순한 펜팔로 그칠 관계만은 아니란 생각이 들었다. 영민의 글 속에 담긴 삶을 통해 분명 자극받고 변화하고 있었다. 진숙은 금남로에서 본 끔찍한 모습들과 함께, 가 보지 못한 경무대 앞의 치열한 싸움이 눈에 보이는 듯싶었다. 정신을 차리고 거울을 보니, 눈가가 벌겋게 성이 나 있었다.
 진숙은 영민의 편지에 답을 쓰려 했지만, 도저히 글이 써지지 않았다. 영민에 비하면 자신이 너무 나약하다는 생각이 들었다. 영민이 혈서까지 써 가며 부르짖는 민주주의란 과연 무엇일지 깊이 생각하게 되었다. 파상풍으로 힘들 영민을 생각하자, 당장이라도 달려가고 싶었다.
 '목련이 피면 영민의 얼굴을 보게 되겠지?'
 이런저런 생각에 뒤척이느라, 또 밤을 꼬박 새웠다.

 전국이 화마에 휩싸인 듯 뜨거웠다. 어릴 때 뒷동산을 태우던 산불을 보는 것 같았다. 학생들은 연일 거리로 나섰고, 경찰들은 들개처럼 날뛰었다. 주인아저씨의 발걸음은 더욱 분주해졌고, 선생님들은 학생들을 감시하느라 바빴다. 그야말로 총체적 난국이었다.

자취방 우물가와 학교의 목련 나무 꽃에 잔뜩 물이 올랐다. 앙증스러운 꽃망울이 금방이라도 만개할 것처럼 부풀었다.

이토록 찬란한 계절임에도, 얼어붙은 정치판은 겨울잠에서 깨어날 기미조차 보이지 않았다. 광주 전역에서는 '哭民主主義(곡민주주의)'를 외치는 민주당 당원과 학생들의 목소리가 높아 갔다. 그럴수록 경찰이 쏘아 대는 최루탄과 공포탄의 수도 상상을 초월했다.

거사가 이루어지던 날은, 짙은 안개와 함께 시작되었다. 학교에 갔지만, 제대로 수업이 이루어지지 않았다. 이미 거리에 나간 학생들이 대부분이었고, 선생님들도 우왕좌왕 갈피를 못 잡는 것 같았다. 전국에서 대규모 시위가 일어나고 있다는 소식이 여기저기서 들려왔다.

진숙은 가방을 사물함에 넣어 놓고 금남로를 향해 달렸다. 앞선 학생들의 구호에 맞춰 목청껏 소리를 질렀다.

"죽어도 물러서지 말자."

"대통령이 사과하고 투표를 다시 할 때까지 투쟁하자."

"죽은 학생 살려 내라."

"죽음을 각오하고 끝까지 싸우자."

시위대의 대열 속에는 학생들만이 아니었다. 침묵을 지키던 대학생들도 나왔고, 시민들도 두 발 벗고 나섰다. 앞치마를 두른 어머니들은 주먹밥을 해서 나르기도 하고, 바가지로 물을 떠 시위대에게 먹이기도 했다. 어린 학생들은 돌멩이를 주워 전했다. 민주주의에 대한 열망으로 하나가 되었다. 빛고을 사람들다웠다.

진숙은 혼자가 아니라는 생각이 들었다. 마음 깊은 곳에서는 영민이 함께 싸우고, 지금 곁에서는 수많은 언니, 오빠 그리고 동료들이 같은 목표를 향해 달린다고 생각하니 든든했다.

진숙은 대학생 오빠의 진두지휘를 따라 움직이느라 바빴다. 그런 와중에 옆 사람의 끈질긴 눈길이 느껴졌다. 아주머니가 건네 준 물을 마시며 옆 사람을 바라보았다.

"물맛이 꿀맛이제? 힘내!"

헉, 담임 선생님이었다. 꼰대 기질만 있는 줄 알았는데, 선생님 역시 빛고을 사람이었다.

"내일은 정상 수업이다."

담임 선생님은 눈을 찡긋거리며 농담처럼 한 마디 툭 던져 놓고 사람들 틈을 비집고 나갔다. 도망한다기보다는 진숙과 나란히 시위대에 서는 게 민망했던 것 같았다. 진숙은 왠지 가슴에 따뜻한 물이 흐르는 것 같았다.

"여러분, 잠깐 그 자리에 서 주십시오! 이 시간 중대한 소견 발표를 한다는 동지가 있습니다. 앞으로 나올 때 큰 박수로 맞아 주십시오."

대학생 오빠의 소개와 함께 무대에 나선 이는 놀랍게도 경희 언니였다. 그동안 학교에도 무단결석 중인 언니를 저 높은 무대에서 보다니. 반가우면서도 왠지 가슴에 서늘한 바람이 지나갔다.

"여러분, 우리는 정직한 선거를 원했습니다. 독재정권은 끄떡없습니다. 아니 오히려 정권 연장의 승리에 취해 국민을 기만하고 있습니다. 저는 지금 이 시각 한 줌의 피를 통해 호소합니다."

이 말을 끝냄과 동시에 경희 언니는 하얀 헝겊을 펼친 뒤, 칼로 손가락을 그었다. 무대가 너무 멀어 자세히 보이지는 않았다. 그러나 잠시 후, 언니가 양손으로 펼쳐 든 글자만은 또렷했다.

민주주의 만세!

평소에도 붓글씨를 잘 쓰던 언니의 혈서는 빛났다. 붉은 글씨가 꽃처럼 아름다웠다. 역시 경희 언니답다는 생각이 들면서도 왠지 목젖이 따끔거렸다. 자신의 몸에 칼을 대면서까지 이 싸움을 해야 하는지. 영민도 그렇고. 주위의 친한 사람들이 흘린 피의 대가가 과연 무엇인지. 소리 내어 울고 싶을 만큼 아팠다.

"와아! 여학생이 대단하다. 민주주의 만세!"
"민주주의 만세!"
"피를 부르는 독재자 물러나라! 물러나라!"

시민들의 함성이 하늘을 찔렀다. 경희 언니는 손을 움켜잡은 채, 무대 뒤로 사라졌다. 영민처럼 파상풍으로 고생하는 것은 아닌지 걱정되어 언니 곁으로 가려 했으나, 사람들의 물결 때문에 꼼짝할 수 없었다.

혈서를 쓰는 사람들이 경희 언니의 뒤를 계속 이었다. 하얀 옥양목 위에 쓴 혈서들이 불꽃이 되어 사람들의 마음을 움직였다. 사람들의 함성과 구호가 더욱 격렬해지자, 경찰들의 저지 역시 더욱 거세졌다. 지옥이 따로 없었다. 도망치는 사람들에 깔려 숨도 제대로 못 쉬는 진숙의 손을 누군가 잡았다. 영어 선생님이었다. 진숙은 너무 놀라 입을 다물 수 없었다.

"이러다 쥐도 새도 모르게 죽어. 싸게 일어나. 도망가."

선생님의 손에 이끌려 진숙은 간신히 물결 속을 헤집으며 나왔다. 간신히 아수라장 속을 벗어났다.

"내일 학교에서 보자. 이제 그만하고 돌아가."

선생님은 한 마디 툭 던지고 군중 속으로 사라졌다. 꿈같은 현실이었다. 진숙도 끝까지 동참할 생각으로 다시 시위대 속으로 들어갔다. 경희 언니처럼 혈서는 못 쓰더라도 힘은 더하고 싶었다.

점심도 못 먹고 이리저리 휩쓸렸더니, 어지러웠다. 최루탄 냄새는 이력이 생겨서 눈물 찔끔 흘리고 나면 그만이었다. 최루탄보다 더 무서운 건 공권력이었다. 총칼을 든 경찰들은 아무런 무기 없이 평화 행진을 외치는 시민과 학생들을 무작위로 잡아 닭장 속으로 집어 던졌다. 개나 돼지보다 더 짓밟히는 모습을 보면, 두려웠다. 그나마 위로가 되는 것은, 손가락 집어넣을 자리가 없을 만큼 촘촘한 시위대였다. 쓰러지고 넘어져서 진흙이 덕지덕지 묻은 교복을 입은 여학생을 보면 껴안고 싶었다. 모자를 쓴 남학생은 모두가 다 영민처럼 보였다. 어쩌면 지금 영민도 서울 시내 어디선가 몸 바쳐 싸울 것을 생각하면, 피곤하다는 생각조차 사치였다. 영민을 보고 싶은 마음이 들수록 목소리에 힘이 생겼다.

"진숙아. 여기서 만나네. 다친 데 없지?"

밀리는 사람들 틈새에서 경희 언니를 만났다. 엄마를 만난 것처럼 반가웠다. 언니는 찰나의 순간에 완전 딴 얼굴이었다. 잔 다르크 같았다.

"언니, 아프지 않아요? 얼른 소독하고 약 발라야 해요. 저랑 같이 병원 가요."

여전사 같던 언니의 얼굴이 일그러지는 걸 보니, 상처가 깊은 것 같았다. 오른손을 동여맨 손수건이 붉게 물들어 있었다. 심각하다 싶었다.

언니의 얼굴이 점점 더 파리해져 가는 것 같아 불안했다.

"잠시만 비켜 주세요. 위급 환자예요."

진숙은 사람들에게 큰 목소리로 외쳤다. 사람들은 경희 언니가 감싸고 있는 붉은 손수건을 보자 빠져나갈 길을 만드느라 진땀을 뺐다. 어떤 아주머니는 언니의 손에 볼을 비비며 위로했다. 간신히 무리 속에서 나와 병원 문을 열었다. 영화에서 본 듯한 풍경이 눈앞에 펼쳐졌다. 하얀 가운을 입은 의사와 간호사 들이 경직된 얼굴로 오갔다. 경찰이 쏜 총에 맞은 학생과 시민 들이 침대가 부족해 바닥에 누워 있기도 했다. 부상자들의 신음에 온몸에 소름이 돋았다. 가슴속에서 열기가 치솟았다.
"무고한 학생들을 향해 총을 쏘는 경찰이 말이 돼? 언니."
"짐승 같은 인간들!"
경희 언니는 치료받으러 들어가면서도 부르르 온몸을 떨며 외쳤다.
다친 사람들이 많아, 언니의 치료는 늦어졌다. 고통스러워하는 언니를 보자, 영민의 아픔이 온몸으로 느껴졌다. 붉은 노을이 질 즈음에야 치료를 받을 수 있었다. 붕대를 감은 언니를 데리고 밖으로 나오려는데, 병원에 오가던 사람들이 큰 목소리로 웅성대기 시작했다.
"계엄령이 내려졌다네. 큰일이야. 나라가 어디로 가는 것인지 원."
계엄령 소식을 들은 경희 언니와 진숙은 맥없이 병원 문을 나섰다.
'계엄령 반대'를 외치는 시민들의 목소리가 장송곡처럼 들렸다. 곧이어 터지는 공포탄 소리에 온몸이 떨렸다.
"진숙아, 넌 들어가. 난 다시 금남로에 나가 볼게."
"언니. 그러다 죽을 수도 있어."

"이미 죽은 사람도 많아. 죽어서라도 민주주의를 이룰 수 있다면…. 후회 없어."

진숙은 말을 흐리는 경희 언니를 꼭 끌어안았다. 그 순간, 또 영민의 얼굴이 스쳐 갔다. 이상하게 영민과 언니는 닮은 데가 많다는 생각이 들었다. 붉은 노을이 꼬리를 감추고 어둠이 내려앉자, 하염없이 눈물이 나왔다.

계엄령이 내려지면서 학생들과 시민들의 시위는 더욱 극렬해졌다. 수많은 학생의 피를 본 뒤에야 결국, 독재자는 무대에서 내려왔다. 빛고을의 함성도 점차 잦아들었다.

활짝 피었던 목련 꽃잎이 하롱하롱 졌다. 목련이 피면 보고 싶다던 영민에게는 아무런 소식이 없었다. 진숙은 밤새 편지를 썼다 지우느라 새벽녘에야 잠이 들 때가 많았다. 지난밤에는 꿈속에 영민이 나타났다. 얼굴은 뚜렷하지 않으나 형형한 눈빛만은 또렷했다. 영민은 무슨 말인가 하려 했지만, 끝내 아무 말도 못했다. 진숙도 영민에게 말하려 했지만, 소리가 터지지 않았다. 갑자기 영민이 사라졌다. '안 돼!' 소리치는 바람에 눈을 떴다.

벌떡 일어나 창문을 바라보았다. 먼동이 터 오는 모습이 예사롭지 않았다. 진숙은 불길한 예감에 애가 탔다.

'이럴 때 전화라도 맘대로 걸면 좋은데…. 학교 가기 전에 우체국에 가서 시외전화 걸어 봐야겠다.'

급기야 전화를 해야겠다는 생각이 들자, 마음이 급했다. 영민이 알려 준 집 전화번호가 적힌 쪽지를 열 번도 더 들여다보며 걸었다. 영민과 연결될 유일한 끈이라 생각하니, 소중한 보물단지처럼 느껴졌다.

우체국 문이 열릴 때까지 기다리는 시간이 영원처럼 길게 느껴졌다. 지각할 것이 뻔한데도 아랑곳 않았다. 오직 영민의 소식이 궁금할 뿐.

직원이 피로감이 덕지덕지 묻은 얼굴로 문을 열자마자, 진숙은 우체국 안으로 들어갔다. 몇 대 안 되는 시외전화 부스는 비어 있었다. 진숙은 미리 준비한 동전을 넣고도 망설였다. 마음에 걸리는 게 많았다. 부모님이 전화를 받을까 두렵기도 하고, 영민이 학교에 갈 시간이기도 했기 때문이다. 그저 궁금한 마음에 달려온 자신이 한심스러웠다. 하지만 알 수 없는 내면의 소리에 이끌려 수화기를 들었다.

뚜르르. 뚜르릉.

한참 신호가 간 뒤, 누군가 전화를 받았다. 저음의 중년 남자 목소리였다. 분명 영민 아버지일 것이다. 진숙은 떨리는 가슴을 진정시킨 채, 말문을 열었다.

"안녕하세요. 저는 오진숙이라고 합니다. 영민이 … 학교에 갔나요?"

전화기 너머에서는 무거운 침묵이 흘렀다. 입술이 바싹 탔다. 민망하기도 하고 후회스럽기도 했다. 진숙은 등에 진땀이 흘렀다.
 "그러잖아도 서랍 정리하다 편지를 보았어요. 우리 영민이가⋯. 경무대 앞서 시위하다⋯. 그만 총에 맞아서⋯. 흑."
 찰칵.
 갑자기 전화가 끊겼다. 눈앞이 어질했다. 활활 타오르듯 불꽃이 나타났다가 사라졌다. 환상이었다. 대낮인데도 세상 모두가 정지된 듯 캄캄했다. 진숙은 수화기를 든 채, 스르르 무너져 내렸다. 하늘에서 까마귀 떼가 슬피 울며 날았다.

들꽃들의

함성

이 글은 《주먹 쥐고 일어서》(서해문집, 2022)에 수록한 〈들꽃들의 함성〉을 수정한 것입니다.

"난 죽고 싶지 않아! 아직 할 일이 많단 말이야."

소리치며 낮에 쓴 '혈서'를 꺼내려는 순간 몽둥이가 날아들었다. 시커먼 군홧발이 발목을 짓누른다. 후들거리는 다리를 움켜쥔 채 도망친다. 어디선가 진숙의 목소리가 들려온다. 꿈결처럼. 애절하게.

"언니, 안 돼! 옥상 끝이야!"

흠칫 놀라 곁눈질을 한다. 한 발짝만 더 움직이면 낭떠러지다. 피하려는 순간 검은 제복이 총으로 목을 겨눈다. 죽을지도 모른다는 예감이 스친다.

"공순이 주제에! 야학에서 공부는 하지 않고 데모질하는 것만 배웠냐?"

"무식한 공순이 년들이 빨갱이한테 물들어서. 날뛰는 꼴이라니.

세상 말세지."

늑대개들이 조롱과 야유를 퍼부으며 달려들었다. 몽둥이로 맞는 것보다 야유 섞인 말이 더 아팠다. 지긋지긋하다. 공순이라는 말. 응어리진 가슴에 비수를 꽂는 저들이 저주스러울 만큼 싫었다.

"공순이도 사람이다. 공순이로 살아갈 수 있게 폐업 철폐하라!"

목구멍에서 쓴 물이 나온다. 그런데도 외쳤다. 더는 짐승처럼 살 수 없기에. 온몸에 피가 터져도 끝까지 달려갈 것이다. 녹지학교에서 '나'의 존재에 대해 배우기 전까지는 몰랐다. 사장이라는 작자가, 노동자가 밤잠 설치며 가발 만들어 수출한 돈으로 해외에서 딴 짓해도, 그저 먹여 주고 재워 주는 것만으로도 족했다. 밀린 월급도 언젠가는 주리라 믿었다. 하지만 끝내 사장은 경영 부실을 인정하지 않고, 폐업 신청을 했다. 더는 배부른 돼지를 용서할 수 없었다. 매달 내 월급만 기다리는 엄마와 남동생을 위해서라도 나서야 했다.

와글와글. 잠시 엄마 생각에 잠긴 사이, 하이에나들이 독 안에 든 쥐나 다름없는 나를 사정없이 후려쳤다. 온몸이 만신창이가 된 것 같다. 아프고 아팠다.

퍽.

퍽퍽.

"빨갱이 앞잡이 년! 너 같은 건, 사라져야 해!"

검은 구둣발이 나를 밀쳐 냈다. 벼랑 끝으로 하염없이 떨어지고 있다. 아련하다. 두 눈을 꼭 감았다. 시골집 담벼락에 핀 들꽃들이 핏빛으로 물들어 간다. 철로 변 민들레가 홀씨 되어 나풀거리고 있다. 엄마가 붉은 꽃밭에서 우는 듯 웃고 있다. 열다섯 살 때, 서울로 돈 벌러 떠나는 날 위해 손 흔들어 주던 애처로운 눈빛 그대로.

"아가야, 서울은 눈 감고도 코 베어 가는 세상이랑게. 늘 조심하고잉."

떡 장수인 엄마의 말은 절절했다. 애써 웃지만, 눈가엔 새벽이슬처럼 눈물이 그렁그렁하다.

"걱정하지 마. 서울에서는 광주보다 월급도 많이 주고 살기 좋다니까. 곤이 학비는 내가 될 테니. 공부나 열심히 하라고 해."

진심이었다. 여덟 살에 아버지가 돌아가시고부터 엄마는 마을마다 보따리를 이고 다니며 떡 장사를 했다. 떡값은 현금이 아닌 곡물로 받을 때가 많았다. 엄마는 목이 빠져라, 발품을 팔았지만, 우리 집은 늘 궁색했다. 결국 난 6학년 말부터 '누에' 공장에 나가 실 뽑는 일을 했다. 졸업하고는 양복점 시다로 일했지만, 월급은 없었다. 기술을 가르쳐 준다는 명목으로. 기만이었다. 기술은커녕 식모살이나 마찬가지였다. 할 수 없이 조금 더 큰 공장으로 옮겼다. 집에서 다니기 힘들어 쪽방을 월세로 얻었다. 하도급 공장이라 도급제를 핑계로 쥐꼬리만 한 월급마저 떼어먹었다.

시다 노릇 백날 하면 뭐 하나! 콩나물국도 맘대로 먹을 수 없는 형편인데. 이번 달 월세는 어떻게 내야 하나. 중학생이 된 친구들은 이런 내 모습을 상상도 못 하겠지. 부럽다. 공장 일 마치고 쪽방에 오면, 퀴퀴한 냄새 속에서 일기를 썼다. 일기는 암울한 현실을 잊는 마취제였다. 어디를 둘러보아도 나갈 구멍이 보이지 않았다. 보다 못한 당숙이 서울의 일자리를 주선해 준다고 했을 때, 목 놓아 울었다. 슬프면서도 한 줄기 희망이 보였기에.

광주역 플랫폼에 들어서자 가슴이 두근거렸다. 기차를 처음 타는 터라 무섭고 떨렸다. 어리어리한 표정으로 사방을 둘러보았다. 여러 갈래의 철로 중 한곳에 무더기로 핀 노란 민들레가 보였다. 척박한 땅에서 기를 쓰고 얼굴을 내미는 꽃이 안쓰러웠다. 왠지 내 모습을 보는 것 같았다.

배웅 나온 엄마도 촌뜨기처럼 두리번거리는 건 매한가지였다.

"아가, 배고플 틴디. 이걸로 요기라도 혀. 찹쌀로 만든 것이라 든든할 것잉게."

보따리에서 인절미 한 점을 꺼내 내 입에 넣어 주었다. 어미 새가 물어온 먹이를 받아먹으려는 제비 새끼처럼 입을 벌리려는 순간, 깜짝 놀랐다. 여학생 몇몇이 웃고 떠들며 플랫폼으로 나오는 게 아닌가! 걱정 근심 없는 해맑은 얼굴에, 꿈속에서도 잊은 적 없는 교복 차림으로. 하얀 칼라 교복을 입은 단짝 친구를 본 날, 동산에 올라 목 놓아 울던 기억이 떠올랐다. 가슴에 시베리아 바람이 불었다.

'광주 중학교에 간 동창들이 날 보면 어쩌지. 내가 서울로 공장

찾아가는 줄 알면?'

알 수 없는 부끄러움에 고개를 떨구었다. 목구멍에 인절미가 걸려 캑캑거렸다. 놀란 엄마가 내 등을 쳐 주는데, 부아가 났다. 매몰차게 엄마 손을 밀쳐 냈다. 내 안에 쌓인 서러움이 폭발하는 순간이었다.

"나도 교복 입고 싶단 말이야. 기차 타고 돈 벌러 가는 게 아니라. 학교 다니고 싶다고. 내 맘 알아? 엄마."

울먹이며 대드는 딸 앞에서 엄마는 할 말을 잃은 듯 멍하니 서 있었다.

치익폭. 칙폭.

서울로 떠나는 열차가 들어왔다. 옷 가방 하나와 주소를 적은 종이가 든 손가방을 들고 기차에 오르려는데, 엄마가 서걱거리는 목소리로 말했다.

"아가야, 못난 어미 만나서. 고생이다. 미안하데이."

"갈게요."

나는 엄마에게 짧게 인사말을 남긴 뒤, 열차에 몸을 실었다. 열차가 떠나기 전까지 엄마는 내게 눈을 떼지 못했다. 후줄근한 엄마의 옷차림을 보는 순간, 콧등이 찡했다. 지금껏 고생만 한 엄마 가슴에 비수를 꽂은 나 자신이 미웠다.

"돈 많이 벌어서 엄마 호강시켜 드릴게요."

창가에 대고 나지막이 한 말을 알아듣기라도 한 듯, 엄마가 미소를 지었다. 철도 위 노란 민들레도 따라 웃었다. 처연하게.

서울역은 상상했던 대로 변화했다. 태어나서 그토록 많은 사람은 처음 보았다. 모두가 분주해 보였다. 올라오는 내내 기차에서 잠을 잤지만, 멍하다. 당숙모가 적어 준 주소를 뚫어져라 살폈다. 버스 번호를 들고 정거장을 찾았다. 버스며 택시 등 빵빵거리는 소리에 간이 콩알만 해졌다. 방향을 잡기 힘들었다. 한참을 서서 사람들이 하는 행동을 살폈다. 간신히 버스 정거장을 찾았다. 중학교는 못 갔지만 한글이라도 읽을 수 있는 게 다행이다 싶었다. 버스 노선표를 읽으며.

우여곡절 끝에 당숙모 집에 도착했다. 당숙모는 웃는 건지, 우는 건지 알 수 없는 모호한 표정으로 나를 맞았다. 서울에 사는 당숙모는 다를 줄 알았다. 부자는 아니어도 어느 정도 갖추고 사는 도시인이라고. 상상일 뿐이었다. 허름한 집에 많은 식구가 복닥거리며 사는 것을 보자, 절로 한숨이 나왔다. 당숙모 집에서 딱 하루 머물고 하도급 공장 기숙사로 들어갔다. 기숙사라고 해 봤자 손바닥만 한 온돌방에 두셋이 함께 머무는 숙소다. 목욕탕도 없어, 세숫대야에 물을 받아 대충 씻어야 할 정도로 열악했다.

공장에 나가 일하고 와서 잠자기 전 고향에서부터 쓰던 누런 공책에 일기를 썼다. 책상도 없이 희미한 전등 밑에 엎드려 연필로 꾹꾹 눌러 내 마음을 표했다. 그 순간만큼은 두렵거나 외롭지 않았다. 보이지 않는 희망에 펌프질하는 시간이었다.

서울살이가 시작되었다. 당당히 취직도 했다. 잠잘 곳도 생겼다. 열심히 일하면 월급도 받을 것이다. 첫술에 배부를 수는 없다. 성공해서 고향 땅 밟을 날 기대하며 달리자.

서울에 와 처음 일한 공장은 운동복을 만드는 하도급 업체였다. 하도급 공장은 대기업에서 나오는 일이 있어야 가동된다. 천장에는 시커먼 거미줄이 그득하고, 미싱 열 대가 다닥다닥 붙어 옴짝달싹하기조차 힘든 곳이다. 그나마 재봉 대를 잡는 것은 기술자여야 가능하다. 직접 미싱 앞에 앉기까지는 하늘의 별처럼 멀고 먼 길이다. 기술자가 박은 제품에 붙은 실밥을 뜯거나 하자를 살핀 뒤, 상자에 정돈하는 것이 시다가 하는 일이다. 그나마도 6개월도 안 되어 하도급 일이 들어오지 않는다며 밀린 돈도 못 받고 내쫓겼다. 먹여 주고 재워 준 것만으로도 고마운 줄 알라는 말과 함께. 눈앞이 캄캄했다. 당장 갈 곳이 없다. 절대 고향으로 갈 수는 없다. 어디로 가야 할까?

"우리 같이 옆 공장에 가 보자. 담벼락에 시다 구한다는 광고 봤어."

같이 시다로 일하던 숙자가 던진 말이 그나마 위로가 되었다. 살 맞대고 자고, 먼지 나는 공장에 앉아 온갖 욕 들어가며 생긴 정 때문에 숙자가 좋았다. 동갑이라 통하는 게 많았다. 고향이 전라도인 것도 같고, 비루한 가정 사정도 비슷했다. 매정하고 무서운 서울이었지만, 숙자 덕분에 온기를 느낄 수 있었다.

"너는 고향에 내려가서 농사라도 지을 수 있잖아."

엄마, 아버지가 쌀농사로 먹고산다는 말이 생각나 넌지시 떠봤다. 실은 숙자가 떠날까 두려웠다. 숙자는 내 마음을 안다는 듯, 살며시 손을 잡으며 말했다.

"너나 나나 지금 고향 돌아가면 뭐 하냐. 다시 학교에 들어갈 수도 없고. 딴생각 말고 옆 공장이나 가 보자. 거기도 운동복 만드는 곳이라니까. 일은 수월할 거야."

다행히 취직은 어렵지 않았다. 적은 돈으로 많은 일을 부려 먹을 수 있는 시대라 가능한 일이다. 숙자와 한 공장에서 일할 수 있다는 것만으로도 힘이 났다. 공장 안에서는 서로 바빠 수다 떨 시간조차 없지만, 다행히 숙소는 같았다. 같이 먹고 마시고 잠을 자다 보니, 가족처럼 느껴졌다.

경험이 쌓이면 힘이 된다. 시다 일을 1년 정도 하다 보니, 능숙해졌다. 실밥은 눈 감고도 뗄 정도였다. 슬슬 재봉 일을 배우고 싶었다. 그러나 미싱공들은 쉽게 가르쳐 주지 않는다. 자기 밥그릇을 빼앗길까 두려운 것 같다. 나는 손으로는 실밥을 뜯지만, 눈으로는 기술자가 하는 일거수일투족을 살폈다. 바늘 꿰는 것에서부터, 손놀림과 발동작을 유심히 살폈다. 페달이 돌아가는 것을 볼 때마다 해 보고 싶은 욕구는 더욱더 컸다.

"반장님. 오늘 공장 청소, 숙자하고 제가 할게요."

일부러 허드렛일을 자청했다. 밤 10시까지 잔업을 마치고 청소까지 끝낸 뒤, 미싱 앞에 앉았다. 직접 페달을 밟으면 흔적이 남을까 봐 눈으로만 살폈다. 그래도 뿌듯했다.

"숙자야, 우리도 빨리 기술 배우자. 그래야 월급도 제대로 받을 거 아냐. 우리 여기 들어온 지 두 달이나 됐는데, 한 푼도 못 받았잖아."

공장 문을 닫고 나오며 내가 속내를 드러내자, 숙자가 내 입을 틀어막았다.

"누가 들으면 어쩌려고 그래. 시간이 지나면 재봉 일도 가르쳐 준댔잖아. 조심해. 넌 너무 서두르는 것 같아. 청소한다는 핑계로 재봉 대에 앉은 거, 공장장이 알면 쫓겨나. 더는 갈 데도 없잖아."

숙자는 쫓겨날 게 두려운 나머지, 입술까지 떨었다. 가슴이 아팠다. 늦은 밤, 공장 문을 닫고 나오며 하늘을 올려다보았다. 캄캄했다. 내 처지를 닮은 것 같아 눈가가 뜨거워졌다.

숙소로 들어와 씻고 자리에 들 때까지 숙자는 입을 꾹 다문 채, 일부러 내 눈길을 피했다. 허허벌판에 홀로 선 느낌이었다.

앞으로는 숙자에게도 내 마음을 다 털어놓으면 안 되겠다. 괜히 친구를 근심에 젖게 하면 안 되니까. 엄마가 얼마나 궁금해하실까. 월급이라는 걸 받아야 소식 전하며, 한 푼이라도 보낼 텐데. 그런 날 오겠지?

마음이 심란해, 엄마에게 편지를 쓰려고 했지만 단 한 줄도 못 썼다. 대신 몇 줄이나마 일기를 썼다. 일기장을 덮고 잠든 숙자의 얼굴을 보니, 괜히 콧등이 시렸다.

　야간작업하느라 몸이 녹초가 되고, 코피까지 터졌다. 건드리기만 하면 피가 나와, 코가 줄줄 흘러도 휴지를 대지 못했다. 화장실에 가 물로 살짝 씻고 와서 다시 작업을 했다. 그래도 희망의 끈을 놓지 않았다. 시간이 지나면 기술자도 되고, 월급도 받을 것이란 막연한 기대로 살았다. 꿈일 뿐이었다.

　딱 3개월 시다 일을 하고 나자, 사장이 나와 숙자를 불렀다.

　"그놈의 석유 파동이 우리한테까지 올 줄 누가 알았겠냐. 더는 먹여 주고 재워 줄 여력이 안 된다. 요즘 하도급 일도 없고. 그동안 한 일도 언제 돈 들어올지 몰라서. 야박하겠지만 할 수 없다."

　월급이 아닌 차비라며 하얀 봉투를 하나씩 던졌다. 공장 문을 나서자마자 약속이나 한 듯, 숙자와 나는 봉투를 열어 보았다.

　"3개월 월급이 만 원이다. 그래도 이게 어디냐. 우리 속옷 사러 가자."

　"그러자. 빨간 내복 살 돈은 안 되고. 빤스라도 사자."

　숙자와 나는 웃고 울며 재래시장으로 갔다. 3000원짜리 팬티 한 세트를 샀다. 붉은 노을을 닮은 빨간색으로. 뿌듯하면서도 슬픈 순간이었다.

　"숙자야, 우리 오늘은 아무 생각 없이 맛있는 거 먹자. 족발 어때? 나 진짜 먹고 싶었어."

　내가 호기롭게 말하자, 숙자도 덩달아 어깨를 들썩였다.

"그래. 애쓴 우리를 위해 실컷 먹자. 내가 낼게."
"뭔 소릴? 그 뭐라더라…. 더치페이…. 하자. 유식한 말로. 하하."
 내 말에 숙자가 배꼽을 잡고 웃었다. 서울에 올라와 가장 배불리, 신나게, 먹고 떠든 날이다. 그런데 왜 자꾸 눈물이 나려는 거지. 참, 모를 일이다.
 며칠 노숙이나 다름없는 생활을 했다. 공원 벤치나 공중화장실에서 잠깐 눈을 붙인 뒤, 부지런히 일자리를 찾아다녔다. 시다 일은 많지만, 숙소가 제공되는 곳은 별로 없었다. 월세방 구할 돈도 없었다. 5원짜리 풀빵 하나로 허기를 채웠다.
 얼큰한 라면 생각이 간절했다.
"한꺼번에 족발이며 어묵까지 배불리 먹은 대가 톡톡히 치르네. 이러다 길바닥에 쓰러져 죽는 거 아냐."
 근심쟁이 숙자가 징징거렸다. 실은 나도 속으로는 걱정되었다.
"뭘 걱정해. 어딜 가나 수돗물은 공짜던데. 물로 배 채우면 한 달은 살 수 있어. 난 죽으면 안 돼. 동생이 나만 바라보고 있는걸. 내일은 일자리 구할 거야."
 무너지지 않으려 애써 강한 척 허세를 부렸다. 안간힘이다.
 불현듯, 운동복 공장 다닐 때 만난 아주머니 생각이 났다.
 쉬는 날, 밥해 주던 아주머니는 날 억지로 교회로 이끌었는데, 친절했다. 싫다는 숙자를 끌고 예배당에 갔다. 예배보다는 공짜 밥을 얻어먹으러. 운명의 순간이었다. 숙자와 함께 점심을 먹으려는데, 아주머니와 딱 마주쳤다.

"달덩이 같던 얼굴이 왜 이렇게 홀쭉해졌어? 무슨 일 있니? 아직 일 못 구했나 보네."

귀신 같았다. 나는 고개를 끄덕이며 아주머니 얼굴을 바라보았다.

"하늘이 인도했나 보다. 딱 좋은 자리 있는데. 기다려 봐. 연락해 줄게."

아주머니는 다음 주일에 교회에서 만나자고 했다. 전화도 없고 연락할 방법이 그 길밖에 없던 터였다. 숙자는 자기도 소개해 달라고 읍소하듯 매달렸다.

다음 주에 아주머니를 만난 건, 내 삶 전체를 바꾸어 놓는 계기가 되었다.

"면목동에 있는 무역 회사야. 공장이 아니고. 그동안 고생했으니까 이제 제대로 된 회사에 들어가 일해야지. 이력서 쓸 줄 알지? 정성 들여서 써 와."

"숙자는요?"

나는 간절한 눈빛으로 아주머니를 바라보았다.

"한꺼번에 밀다 괜히 다 된 밥에 코 빠트릴까 봐 조심스러워서 그래. 친구는 다음 기회를 보자고."

아주머니는 바쁘다며 급히 자리를 떴다. 숙자와 둘만 덩그러니 남았는데, 눈을 어디에 둬야 할지 몰랐다.

숙자의 풀 죽은 얼굴을 보니 나 혼자 좋은 회사로 가는 것이 미안했다. 불쑥 숙자에게 새끼손가락을 내밀었다.

"난 어떤 경우든 너와의 우정 변치 않을 거야. 취직되면 네 자리도 알아볼게. 약속."

숙자는 금세 환한 얼굴로 웃었다. 주머니에 남은 잔돈으로 풀빵을 사 먹은 뒤, 헤어졌다. 숙자의 뒷모습을 한참 서서 바라보았다. 고향을 떠나올 때보다 더 서럽고 아쉬웠다. 숙자는 이튿날, 하도급 업체 시다 자리를 구했다. 그나마 다행이었다.

이력서를 넣은 지 일주일 만에 입사 통보를 받았다. 온 세상이 내 편이 된 듯 기뻤다. 약도를 따라 회사를 찾아가는 순간, 하늘 문을 향해 가는 기분이었다.

면목동에 있는 'YH무역' 회사는 겉으로 보기에도 근사했다. 공장이 아니라 회사라는 말이 실감 났다. 경비실에 신고를 마친 뒤 인사과에 갔다. 점잖게 생긴 담당과장이 여러 가지 절차를 밟은 뒤, 사원증을 건넸다.

'소속 일반봉제, 번호 600, 성명 김경숙', 증명사진까지 박힌 사원증을 받는 순간, 어찌나 떨리던지. 빳빳한 사원증을 열 번도 더 들여다보았다.

방장 언니의 안내를 따라 사람들과 인사를 나누었다. 작업장도 하도급 공장과는 차원이 달랐다. 그런데 쾌적한 분위기에서 일하는 직원들 얼굴이 로봇처럼 굳어 있었다. 의아했지만 깊이 생각할 겨를은 없었다. 교육장이라는 곳으로 안내를 한 방장 언니가 무심하게 툭, 말을 던졌다.
"신입 직원은 작업 교육 별도로 받아야 하니까 시간 잘 확인했다가 참석하면 되고."

방장 언니의 말에 의욕이 활활 타올랐다. 그토록 배우고 싶던 기술을 제대로 배울 기회가 닿다니. 특혜를 받는 것 같았다. 최고의 기술자가 되고 싶었다. 방장 언니는 식당 이용법이라든가, 기숙사 배정 등을 자세하게 알려 주고는 갔다.

들뜬 나와는 달리 방장 언니의 수심 가득한 얼굴이 마음에 걸렸지만, 예사로이 넘겼다.

시간이 날아가는 화살처럼 빨리 지나갔다. 옥상에 뉘엿뉘엿 땅거미가 내려와 앉았다. 피곤한 줄도 모르고 기숙사를 한 바퀴 돌았다. 담벼락 밑에 핀 노란 민들레를 보자, 엄마를 만난 것처럼 반가웠다. 3년 동안 가 보지 못한 고향이 그리웠다.

저녁 식사를 마친 직원들이 벤치에 앉아 두런두런 이야기하는 모습이 꿈결 같았다. 하도급 업체를 전전할 때는 상상도 못 했던 풍경이다. 밥을 안 먹어도 든든했다. 배정받은 기숙사 방으로 들어왔다. 두 개의 침대와 화장대가 보였다. 옆 방에서 두런거리는 소리가 들리는 걸로 보아, 베니어판으로 방을 나눈 것 같았다. 그래도 둘만의 공간이 주어진 것만으로도 족했다. 함께 방을 쓰는 직원이 아직 들어오지 않았다.

고즈넉한 적막이 감상적으로 만들었다. 비 내리는 밤처럼 무엇이든 쓰고 싶었다. 가방에서 공책을 꺼냈다. 일기 대신 편지를 쓰려니, 만감이 교차했다.

엄마, 이제 더는 제 걱정하지 마세요. 제가 취직한 곳은 수출을 많이 하기로 유명한 곳이에요. 공장이 아니라 주식회사예요.
가발을 만들어 수출하는 회산데 직원이 4000명이나 된답니다. 기숙사도 엄청 깨끗하고 좋아요. 식당에서 삼시 세끼 밥도 해 주고요. 열심히 일하면 '학교'도 보내 준다니. 꿈만 같아요. 그동안 코피 흘려 가며 일한 보람이 있는 것 같아요. 제가 곤이는 대학까지 꼭 보낼게요. 엄마, 만날 때까지 건강하세요.

"저녁 먹었어요?"
편지를 쓰느라 사람이 들어오는 걸 몰랐다.
"안녕하세요? 김경숙이라고 합니다. 잘 부탁해요."
신입답게 잔뜩 긴장한 목소리로 인사를 했다.
"전, 진숙이에요. 말 놓으세요. 열여섯 살이거든요. 여기 온 지 한 달밖에 안 된 초짜고요."
진숙은 나처럼 둥글둥글한 얼굴에 푸짐한 몸피도 비슷했다. 딱 부러지는 말투와 노루 눈처럼 검고 해맑은 눈동자가 예뻤다.
"새벽부터 일하려면 힘들 거예요. 특근도 많고. 얼른 쉬세요. 언니라고 불러도 되죠?"

언니라는 말에 온몸에 피가 도는 느낌이었다. 타지에서 만난 룸메이트가 선뜻 언니라 불러 주다니, 나도 진숙에게 잘해 주리라 다짐하며 자리에 누웠다. 생전 처음 침대에서 잠을 자 본 날이기도 하다. 비좁고 삐걱거리는 싸구려일지언정 새로웠다. 신분 상승을 한 느낌이랄까. 아무튼 구름 위를 걷는 듯한, 첫 출근날의 잊을 수 없는 설렘이었다.

어느덧, 일 시작한 지 6개월이 지났다. 마음의 풍선에서 바람이 솔솔 빠져나가는 느낌이 들었다. 노동자들의 표정이 왜 그리도 무겁고 어두웠는지 조금씩 이해가 되었다. 그만큼 일이 고되었다. 환경은 바뀌었지만, 시다 일은 같았다. 운동복이나 속옷에서 가발을 만드는 것으로 바뀌었을 뿐. 숙련공이 많은 만큼, 시다가 해야 할 일도 많았다. 허리 한 번 펴기 힘들 정도로 바빴다. 화장실도 눈치보며 교대로 다녀오곤 했다.

"하도급 업체서 일해 봤다며? 그렇게 손이 느려서 어떻게 보조를 맞춰?"

기능공인 언니가 타박을 줬다. 매일 수출 분량을 못 채우면, 임직원들이 달달 볶기 때문에 어쩔 수 없다며. 매일 특근이었다. 저녁 먹고도 네 시간 정도 잔업을 하고 나면 배가 등에 걸렸다. 그런데도 야식 한 번 나오지 않았다. 라면땅으로 허기를 때운 뒤 잠을 잘 때가 많았다. 새벽이면 속이 아팠지만 배고픈 건 참을 수 없었다.

파김치가 되어 숙소로 들어오자, 진숙이 어지럽다며 누웠다. 어린 나이에 극심한 노동에 시달리는 것이 안쓰러웠다.

"눈치 봐 가며 쉬엄쉬엄하지. 무리해서 몸 버리면 어쩌려고 그래."

"내가 늦으면 모두 일손을 놓아야 하잖아요. 방장 언니 불호령에 숨도 못 쉴 것 같아요."

진숙의 말은 현실이었다. 불현듯, 방장 언니가 완제품을 만들며 지나가는 말로 했던 말이 생각났다.

"큰 회사라고 들어왔더니, 완전 빈껍데기에 빛 좋은 개살구라니까. 이렇게 죽도록 일은 시키면서 월급은 하도급 업체와 다를 바 없고. 야근에 특근 밥 먹듯 해도 수당도 없잖아. 사장은 수출해서 번 돈으로 재투자는커녕, 해외에서 호화 생활한다는 소리가 들리니 원. 이대로는 안 될 것 같아."

큰 회사에 들어왔다고 얼마나 설렜던가! 방장 언니의 말은 희망의 불꽃에 찬물을 끼얹는 것이나 다름없었다. 그저 방장 언니만의 불만일 거라 믿고 싶었다.

힘든 작업에도 견딜 수 있었던 것은 월급봉투였다. 600번이라고 적힌 봉투에서 본 1만 9800원이라는 숫자는 마법이었다. 기능공들보다 훨씬 적은 돈이지만, 꼬박꼬박 월급을 받을 수 있다는 것만으로 족했다. 가발 만드는 법도 배우는 중이니, 언젠가는 기능공도 되고 월급도 오를 것 아닌가. 쨍하고 해 뜰 날 기대하며, 한눈팔

지 않고 일했다. 다행히 진숙도 나와 생각이 같았다. 진숙과 어울릴 때마다 숙자 생각이 났다. 내 코가 석 자라 취직 부탁할 겨를이 없는 것이 미안해서 연락조차 할 수 없었다.

쉬는 주말이면 진숙과 시내에 나가 극장에서 영화 한 편을 보며 걱정과 근심을 조금이나마 덜었다.

"언니, 내가 이거 야메로 구한 건데. 오늘 사용해 보자."

진숙이 내민 것은 놀랍게도 학생 토큰과 회수권이었다.

"난, 내 또래들이 교복 입고 회수권 내는 것 보면, 가슴이 텅 빈 것 같아. 우린 버스비 어른 값으로 내잖아. 공평하지 않아. 회사 앞 구두수선집에서 샀어. 웃돈 조금 얹어 주면 팔더라고. 학교 못 다니는 것도 억울한데, 차비 갖고 차별하냐고."

진숙이 내미는 학생 토큰을 보자, 콧등이 찡했다. 내 속을 들여다보는 것 같았다. 나도 또래가 학생 토큰 낼 때 일반 토큰 내는 것이 속상할 때가 많았다.

"그래. 우리 오늘은 학생이 되어 보는 거야!"

면목동에서 청량리까지 가는 버스를 탔다. 가방을 멘 안내원에게 진숙은 학생 토큰을 내고 나는 대학생들이 쓰는 회수권을 냈다. 일부러 안내원과 눈을 마주치지 않으려 애쓰며.

손님이 많지 않아 자리를 잡으러 뒤로 가려는데, 버스 운전사가 큰 소리로 외쳤다.

"저기, 아가씨. 회수권 내던데. 대학생 맞아요? 공순이 같은데."

도둑질하다 들킨 것처럼 심장이 벌렁거렸다. 모든 사람이 날 쳐다보는 것 같았다. 얼굴이 후끈거리고 다리에 맥이 풀렸다. 내 팔을 잡은 진숙도 바들바들 떨고 있었다.

"얼굴만 보고 공순이라고 말하는 건 무슨 경우예요?"

'공순이'라는 말에 치가 떨렸다. 버스표 한 장으로 사람 차별하는 세상이 너무 싫었다. 더 솔직히 말하면 창피해서 당장이라도 도망치고 싶었다.

"떳떳하면 학생증 보여 주면 될 거 아냐!"

아저씨도 세게 나왔다. 회수권을 받은 안내양이 되레 안절부절못했다. 동병상련일까.

손님들의 시선이 일제히 나에게 쏠렸다. 동물원 원숭이가 되는 건 순간이었다.

"언니, 그냥 내리자."

진숙이 내 손을 잡아끌자, 안내양이 살며시 문을 열어 줬다. 내게 토큰과 회수권을 살며시 쥐여 준 뒤, 탕탕하며 버스 문을 쳤다. 우리가 내린 뒤 버스는 유유히 떠나갔다.

매연을 풍기며 떠나는 버스를 하염없이 쳐다보았다.

서러움에 목울대가 울렁거렸다. 진숙의 눈가도 벌겋게 물들어 갔다.

"진숙아, 얼른 다른 버스 타자. 배추벌레는 배춧잎 먹고 살아야지. 이거 다시 일반 토큰으로 바꿔."

영화관에 들어가서도 멍청히 앉아 있기만 했다. 서럽고 아팠다. 상처 난 가슴에 소금이 뿌려진 것처럼.

정부에서 '산업체 학교'를 설립하면 면세도 해 주고 대출 등 여러 가지 특혜를 준다는 보도가 연일 나왔다. '낮에는 일하고 밤에는 공부하는 학생'들에게 졸업장을 준다는 말에 가슴이 설렜다. 그즈음 전국적으로 노조가 생겼다. YH무역 노동자들도 활발하게 움직이기 시작했다. 노조 활동이 활발해지면서 우리 회사에도 '녹지중학교'가 생겼다. 도시산업선교회에서 대학생들이 봉사 차원으로 수업을 해 주기도 했다.

오랜 꿈이 이뤄지는 것 같아 밤잠을 설쳤다. 스무 살에 중학교 1학년이 되었다. 59명의 학생 중에 가장 나이가 많았다.

부끄럽지 않았다. 오히려 솔선수범해서 맏언니 노릇을 했다.

낮에 일하고 진숙과 함께 야간학교에 갈 때마다 콧노래가 절로 나왔다. 가슴 깊은 곳에 맺힌 한이 풀리는 순간이었다.

'앎'은 알수록 모르는 것투성이였다. 그래서 더 많이 책을 읽었다. 신문 사설도 읽고 스크랩했다. 시험을 대비해 교과서를 외울 정도로 파고들었다. 야근과 특근 하느라 늦어도 학교는 빠지지 않았다. 내게 공부는 미래를 위한 백지수표나 다름없었다. 대학까지 갈 생각으로 코피 쏟으며 공부에 매진했다.

일하고 공부하느라 정신없는 나날이었다. 그러던 어느 날 방장 언니가 내게 노조에 가입하면 좋겠다고 제안했다.

"노조 가입은 남을 위한 것이 아니라, 경숙이 바로 너를 위한 것이야. 우리의 권리가 얼마나 많이 사주들에게 빼앗기는 줄 모르고 일해 왔던 거야. 일단 노조 가입하고. 제대로 한번 공부해 봐."

방장 언니를 따라간 곳은 '도시산업선교회'라는 곳이었다.

그곳은 교회였지만 노동자들의 권익에 지대한 관심을 두고 앞장서는 분들이 많았다. 운동권들이 위장 취업으로 우리 앞에 나서고 있다는 것도 처음 알았다.

'왜 노동운동을 해야 하는가?'

전태일 열사의 일대기를 그린 짧은 영상이 끝난 뒤, 선교회 간사라는 남자의 강의가 시작되었다. 그때까지 나는 '전. 태. 일'이라는 이름조차 들어 본 적이 없었다. 열악한 환경 속에서 노예처럼 일하다 죽은 전태일의 삶은 바로 내 삶이었다. 열네 살부터 스무 살이 될 때까지 공장을 전전하며, 풀빵 한 조각으로 하루를 연명한 적도 있고, 이름 대신 600번으로 불리고, 세상 사람들이 '공순이'라고 아무렇지 않게 부를 때마다 모멸감을 느끼던 나날들. 따뜻하면 졸음 때문에 작업량이 줄어든다는 이유로 한겨울에도 작업장 창문을 활짝 열어 놓는 사주들의 횡포, 밤에 학교 다니게 해 준다는 조건으로, 더 많은 야근과 특근을 시키던 일들이 주마등처럼 스쳤다.

그동안 얼마나 무지하게 살아왔는지 알았기에, 노조 활동이며 학습에 빠짐없이 참여했다. 알수록 힘이 생겼다. 가만히 앉아 이대로 노예처럼 살 수는 없다는 생각이 들었다. 야간학교에 나가 공부하는 목적이 바뀐 순간이었다. 단지 대학 졸업장을 따기 위해서가 아니라, 인간답게 살 수 있는 길을 찾아야 한다는 것을 알았다. 그 마음으로 노조 간부직까지 맡았다. '대의원회의에서 토론하고 교육에 참여하면서 한국 사회에서 노동자가 처한 구조적 모순'에 대해 알게 되었다. 현실에 눈을 뜬 셈이다.

몸이 열 개라도 부족할 만큼 바빴다. 진숙도 마찬가지였다. 어느 날, 모처럼 쉬며 휴게실에 있는 텔레비전을 보았다.

동물에 관한 다큐멘터리 방송이었는데, 늘 소의 귓등에 붙어서 피를 빨아 먹고 사는 '등에'에 관한 영상을 보는데 소름이 끼쳤다.

고향에서 많이 본 풍경인데, 남의 일처럼 보이지 않았다.

저녁때가 되면 어디를 가나 굴뚝에서 연기가 모락모락 피어올랐다. 주민들은 주로 농사를 지었지만, 형편이 나은 집에서는 소를 키웠다. 어렸을 적 내 소망은 황소 한 마리라도 키우는 것이었다.

"소한테 가까이 가지 마라. 등에가 옮을지도 모르니께."

어른들은 귀에 못이 박히도록 이 말을 했다. 나는 두 눈으로 확인해 보고 싶었다. 애들과 함께 부잣집 외양간으로 갔다. 어른들은 모두 일을 나가고 없었다. 송아지한테 다가가서 귀와 엉덩이를 살펴보았다. 송아지는 가려운지 연신 귀를 움직이더니 고개를 들어 소리를 지르기도 했다. 하지만 등에는 꼼짝도 하지 않았다.

"남의 피만 빨아먹는 나쁜 놈들!"

아이들이 눈살을 찌푸리며 송아지 등을 나뭇가지로 후려쳤다. 그럴수록 등에는 더 찰싹 달라붙는 것 같았다. 어떤 아이가 등에를 손으로 떼어 내 땅바닥에다 내던졌다. 아이들이 땅에 떨어진 등에를 나뭇가지로 꾹꾹 누르고 뒤집어 보기도 했다. 가슴에 흡반 같은 다리가 있었다. 꼬물거리며 움직였다. 징그러웠다. 등에가 피를 다 빨아먹어서 결국은 송아지가 죽고 만다는 어른들 얘기가 실감 났다.

노동자 피를 빨아먹고 사는 사주가 등에와 다를 게 뭐란 말인가!

'얄팍한 월급봉투 하나 받는 것만 감사하며 악덕 사주 등에의 배를 불리게 한 것 또한 나처럼 무지한 노동자들이다. 이제 더는 바보처럼 살지 않을 거야.'

짤막한 영상을 본 후, 노조 활동을 더 열심히 해야겠다는 생각이 들었다. 당연한 나의 권리를 찾는 일이라는 확신이 생겼기 때문이다.

그날, 침대에 누우려는데 진숙이 조심스럽게 말을 건넸다.

"내가 언니 처음 볼 때보다 참 많이 변했어. 겉으로 보기엔 소심해 보이는데. 요즘 노조 임원 맡아 일하는 거 보면서 놀랐어. 여장부 같아. 때론 언니가 다른 사람 같다니까."

"맞는 말이야. 나도 공부하기 전까지는 몰랐거든. 그저 월급 제때 받는 것만으로도 감사했지. 최저 임금에도 못 미치는 거고. 수

당도 한 푼 못 받고 야근에 특근까지 하면서 말이야. 무지해서 몰랐던 것을 많은 사람에게 깨우치고 싶어. 아는 것이 힘이라는 말. 진리 맞아."

"언니는 책도 많이 읽고 매일 일기도 쓰더니. 말도 잘해. 논리적으로. 암튼 난 언니가 하는 일이라면 무엇이든 따를 거야."

"진숙아, 고마워. 우리 열심히 공부해서 고등학교도 같이 가자. 공순이로 머물 수는 없잖아. 버스표 때문에 받은 수모. 더는 받지 말자고. 기회는 준비된 자만이 가질 수 있다잖아."

이때만 해도 적지만 월급은 빼놓지 않고 나오던 때였다.

회사가 위장폐업이라는 카드로 노동자를 길거리로 내몰 줄은 꿈에도 몰랐다.

아버지 기일이 다가왔다. 지난 3년간 한 번도 가 보지 못한 고향이라 꼭 가고 싶었다. 아꼈던 휴가를 이용하기로 마음먹었다. 이튿날 고향에 갈 가방을 챙기는데, 진숙이 건빵 봉지를 건넸다.

"이거 어머니와 동생에게 전해 줘. 얼굴은 보지 못했지만, 언니 가족은 남 같지 않아서. 용돈도 조금 넣었어."

진숙이 하얀 봉투 두 개를 건넸다. 생각도 못 한 일이라 어리둥절했다.

"고맙다. 엄마와 동생이 정말 좋아하겠다. 나도 더 많이 챙겨 줄게. 앞으로."

"언니는 이미 내게 너무 많은 걸 주고 있는데 뭘."

진숙의 배웅을 받으며, 서울역에 들어서자, 만감이 교차했다. 양 손에 든 가방 속에는 빨간 팬티 세트도 들어 있었다. 불현듯 숙자가 보고 싶었다. 전화 연락도 할 수 없는 상황이라 답답했다. 편지를 써야겠다고 생각하며, 고향으로 가는 열차에 몸을 실었다.

새벽 기차를 탔지만, 시골 마을에 도착하니 어두웠다. 가난하지만 평화로운 분위기는 여전했다. 언덕 위 쓰러져 가는 파란 슬래브 지붕이 보였다. 가슴이 뛰었다. 낡고 허름한 사립문을 열자, 기름 냄새가 진동했다. 부엌에서 지짐질하던 엄마가 버선발로 뛰어나왔다. 엄마는 감격한 얼굴로 내 손을 잡으며 말했다.

"가시나, 말도 없이 나타났네. 아버지 기일도 기억하고. 징하고만."

"엄마. 곤이는 아직 안 왔나 봐?"

"오늘 막차 타고 올 기야. 니 덕분에 읍내 학교 잘 댕기고 있당게."

할머니 같은 엄마의 얼굴을 보니 가슴이 쓰렸다. 그래도 엄마 얼굴을 보는 것만으로도 숨통이 트이는 것 같다.

퀴퀴한 냄새 나는 방으로 들어와 옷을 갈아입었다. 엄마를 도우려 부엌으로 들어섰다. 엄마는 힘든데 쉬라며 극구 말렸다. 할 수 없이 마루에 앉아 손바닥만 한 마당을 살폈다. 맨드라미며 봉숭아가 제멋대로 자랐다. 어릴 때 본 풍경 그대로라 정겹고 행복했다.

"아이쿠야! 서울 간 딸내미 왔다며. 효녀 얼굴 좀 보러 왔당게."

아랫동네 아주머니 두 분이 검은 봉지를 하나씩 들고 사립문 안으로 들어섰다.

엄마가 떡장사 하러 나간 사이, 나와 동생에게 식은 밥이나마 나눠 주던 분들이다. 아버지 기일이라고 빈손으로 오지 않고 봉지에 달걀 몇 알이라도 들고 온 정은 여전했다.

인사를 드린 뒤, 방으로 들어와 가방에서 사탕 봉지를 꺼내 들고 나왔다.

"드릴 게 별로 없네요. 서울서 사 온 왕사탕이에요. 심심하실 때 드세요."

"엄마한테 드릴 선물을 우리까정. 눈물겹고만. 서울 사탕은 더 맛있당게. 숙이가 완전 아가씨가 됐고만. 달덩이처럼 얼굴도 훤하고. 서울에서 핵교도 댕긴다며? 일해서 돈도 벌고 공부도 한다고 엄마가 어찌나 자랑하던지. 숙이가 서울 가 출세했당게 좋구먼."

아주머니 둘은 연신 나를 추켜올렸다. 엄마가 어깨를 들썩이며 흐뭇한 미소를 지었다. 절로 기분이 좋았다. 정말 내가 출세한 기분이었다.

"어, 누나 왔네."

그토록 보고 싶던 동생이 왔다. 교복 입은 동생의 모습이 멋져 보였다. 뿌듯하면서도 목젖이 시큰거렸다. 서울에서 고생한 보람을 느꼈다.

곤이와 인사하는 사이, 아주머니들은 가시고 밤이 깊었다.

모처럼 엄마와 동생 그리고 나까지 아버지 제사를 지내고 나니 자정이 넘었다.

"고맙당게. 엄마는 더 바랄 것이 없구먼. 아버지도 오늘 정말 기쁘셨을 거랑게. 숙이 네 고생하는 것 다 안다. 덕분에 곤이가 공부 잘하는 거 보면, 눈물겹당게."

엄마는 제사상을 물리면서도 연신 고맙다고 했다. 동생은 겸연쩍은 표정일 뿐, 아무 말도 없었다. 나이 차이도 크고, 오래 떨어져 있어선지 어색한 것 같았다. 꼭 말이 필요한 것은 아니다. 셋이 앉아 제사 음식을 먹는 것만으로도 세상에 부러울 게 없었다.

늦은 밤이지만, 가방을 풀러, 준비한 엄마의 속옷이며 봉투를 꺼내 건넸다. 동생에게도 겨울 잠바와 용돈을 주었다.

"저와 같은 방 쓰는 진숙이라는 동생이 준 용돈 봉투고요. 이건 내가 따로 준비한 거예요. 곤이도 걱정하지 말고 공부만 해. 누나가 뼈가 부러지는 한이 있어도 대학까지 보낼 테니까."

"고맙당게. 이렇게 보도 못 한 처자가 준 돈까지 받아도 될까 모르겠구먼. 모다 니가 갚아야 할 빚이제?"

"누나! 미안해. 이다음에 내가 꼭 갚을게."

그동안 밀린 이야기를 하느라, 새벽 미명이 다가오는 줄도 몰랐다. 다음 날 아침, 제사 음식에 밥과 국을 더 끓여 온 동네 어르신들 한 끼 음식 대접까지 하면서도 전혀 피곤치 않았다.

"그동안 동네잔치며 생신 등 다니며 얻어먹기만 했는데, 딸이

와서 따뜻하게 밥해서 어르신들 대접하니 좋구먼요. 맛있게 드시 랑게요."

엄마가 감격스럽게 말하자, 동네 어르신들이 고개를 주억거리며 동조해 주셨다.

엄마가 기뻐하시는 모습을 보니, 휴가 내서 내려오길 잘했다 싶었다. 설거지를 끝낸 뒤, 동네 어르신들의 진심 어린 사랑과 응원을 받으며, 기차역을 향해 달렸다. 열네 살 어린 나이에 서울행 기차를 기다릴 때와는 사뭇 달랐다. 키가 자란 만큼 마음 밭도 단단해진 느낌이다.

고향 집에서 받은 환대를 생각하니, 절로 미소가 나왔다.

무엇보다 엄마가 동네 사람들 앞에서 행복해하던 모습이 좋았다. 이런저런 생각을 하며 기차를 기다리는데, 철로에 핀 노란 민들레가 눈에 띄었다.

'돌 틈을 뚫고 나온 민들레야! 나도 너처럼 끝까지 버틸게.'

고향에서 받은 에너지로 한동안 먹지 않아도 배가 불렀다. 힘차게 일하며 학교에 다녔다.

공부는 어렵지만 재밌었다. 노조 활동도 열심히 했다. 도시산업선교회에서 하는 학습에도 빠짐없이 나갔다. 무지의 벽을 깨고 새 세상을 만나는 기쁨은 컸다. 활동가는 대부분 대학생이었다. 나보다 나이가 어리거나 동갑이 많았지만, 난 그들을 기꺼이 선생님이라 불렀다. 어릴 땐 교복 입은 또래를 만나는 일 자체가 싫었다. 내가 한없이 작아 보였고 열패감에 시달렸기에. 지금은 달랐다. 언젠가는 나도 대학생이 될 수 있다는 희망이 있기에. 무엇보다 스스럼없이 대해 주는 그들에게 배우는 것이 많았다. 알을 깨고 나와야만 세상을 바로 볼 수 있다는 것을 깨우쳐 준 스승이다.

작업장 분위기가 예전보다 훨씬 무거웠다. 상사들의 잔소리가 심해졌고, 일거수일투족을 감시했다. 석유 파동을 핑계로 월급을 주지 않을 때도 있었다. 연말에 준다는 말을 믿을 뿐, 달리 방법이 없었다. 노조를 통해, 우리 회사가 다른 곳에 비해 월급이 많지 않다는 것을 알았다. 거기다 사장이 수출해서 번 돈을 해운업 등 다른 곳에 투자해서 적자를 엄청나게 보고 있다는 소문도 들었다. 그런데도 회사를 옮길 생각은 못 했다. 일하며 공부할 수 있는 직장을 찾기 힘들기 때문이었다. 야학 중학교라도 제대로 공부하는 것이 우선이었다.

부당한 대우를 받아도 참는 이유였다.

수주 작업을 마치느라, 화장실 가는 횟수조차 줄이며 열심히 일했다. 어느새 땅거미가 지기 시작했고, 학교 갈 채비를 했다. 그런데 작업반장이 불렀다.

"어이 600번! 오늘 야근이야! 방금 오다가 떨어졌다고."

"저녁에 학교 나가야 하는데요. 내일 최대한 수주 맞추도록 할게요."

가방을 챙기며 하는 말에, 반장이 고함을 질렀다.

"야, 600번. 노조 임원 됐다더니. 많이 변했구먼. 일이 먼저지. 학교 때문에 야근 못 한다고? 그것도 두 눈 똑바로 뜨고 또박또박 대답하는 건 어디서 배운 거야? 요즘 위장 취업자들이 노조 선동 질하고 빨갱이 의식 심어 준다더니, 사실이구먼."

기가 막혔다. 당연한 권리를 말했을 뿐인데 빨갱이라니.

무엇보다 이름 대신 600번이라고 부르는 것도 불쾌했다. 처음에는 이름 대신 번호를 부르는 것에 거부 반응이 없었다. 누구나 번호로 통하는 세상이었으므로. 하지만 인권 강의를 들은 뒤로는 편치 않았다. 몇 번 항의했지만 소용없었다. 작업반장에게는 무슨 말을 해도 통하지 않는다. 벽창호다. 나는 무심한 척 가방을 들고 나왔다.

"완전 개무시네. 600번, 네가 얼마나 잘났는지 모르지만, 밥통 줄 끊어져도 지금처럼 뻣뻣할지 두고 보자고. 노조 활동하더니 모두 빨갱이 놈들에게 물들어서 제멋대로라니까. 사장님은 폐업 신청한다고 난린데. 아무것도 모르고 망둥이처럼 뛰는 꼴이라니."

'폐업'이라는 말이 송곳처럼 가슴을 찔렀다. 만약 회사가 문을 닫는다면? 고향 집에 갔을 때 느꼈던 안정과 평화가 와르르 무너져 내릴 것 같아 두려웠다. '한 달 벌어 한 달 사는' 삶이라 저축해 놓은 돈도 없는데, 일자리를 잃는 건, 삶 자체가 멈춘다는 것을 말한다. 몇 달째 제대로 월급이 나오지 않는 걸 보면, 괜히 협박하는 말은 아닌 듯싶다.

돌멩이를 매단 것처럼 답답한 가슴으로 학교에 도착했다. 부서가 다른 진숙은 요즘 자주 결석을 한다. 기숙사에서 만나도 서로 피곤해서 잠자느라 대화를 나눌 시간조차 없다. 진숙뿐 아니라, 녹지학교 학생 절반 정도가 결석했다.

"요즘 회사 분위기가 예사롭지 않다면서요? 하늘이 무너져도 솟아날 구멍은 있다잖아요. 흔들리지 말고 자기 몫만 열심히 하세요. 재투자는 안 하고 방만하게 사업을 넓히느라 폐업한다면, 법적으로 문제가 있는 겁니다. 그냥 앉아서 당할 수만은 없는 거지요. 이럴 때일수록 노동자들이 한마음으로 뭉쳐야 합니다."

녹지학교 선생님 중에는 활동가가 많았다. 선생님이 대책을 이야기하는 것을 보면 벌써 회사 분위기를 읽고 있는 것 같았다. 노조 모임에서 누누이 들은 이야기이기도 했다. 예전에는 회사가 문을 닫으면, 아무 말도 못 하고 쫓겨나는 줄 알았다. 하지만 노동자에게도 권리가 있다는 것을 안 이상 물러설 수는 없다. 부당하게 폐업한다면 끝까지 싸워야 한다.

낮부터 지끈거리던 머리가 더 아팠다. 따끈한 온돌방에 눕고 싶은 생각이 굴뚝 같았다. 온몸이 욱신거렸다. 집중하려 해도 눈이 절로 감겼다. 주르륵. 갑자기 시뻘건 코피가 흘러내렸다. 휴지가 없어 손등으로 훔치다 선생님과 눈이 마주쳤다.

"너무 무리했나 봐요. 어서 코피 닦고, 오늘은 일찍 기숙사로 들어가세요."

대학생 선생님은 허둥대며 휴지를 건넨 뒤, 조퇴를 권유했다. 처음 있는 일이다. 몸도 힘들지만 마음의 근심이 병을 불러일으킨 것 같다.

서둘러 기숙사에 들어왔더니, 진숙이 씻고 나왔다.

"어머, 언니 얼굴이 왜 그래? 완전 백지장이네. 어디 아파?"

"몸살이 났나 봐."

"그동안 많이 무리했지, 뭐. 실은 나도 지금 몸이 천근만근이야. 매일 야근이니 견딜 수가 없네."

"나도 야근하라는 걸 어기고 학교 갔는데, 반은 결석했더라. 너도 얼른 자. 우린 몸이 재산이잖아."

씻지도 못한 채, 침대에 누우며 말했다.

"언니, 회사 분위기가 점점 이상해. 작업반장이 폐업한다고 으름장 놓던데. 진짜 문 닫는 거 아냐?"

진숙이 잔뜩 걱정스러운 목소리로 말했다.

"우리 작업반도 마찬가지야. 지금은 몸이 너무 아파서 좀 잘게. 너도 쉬어."

솔직히 내일 일까지 걱정할 여력이 없었다. 몸이 아프니 마음까지 약해지는 건 어쩔 수 없었다.

흉흉한 소문이 겨우내 돌더니 급기야 다음 해 봄에 폐업 공지가 떴다. 온 세상이 무너지는 것 같았다. 노조에서 극렬하게 나오자, 회사 측에서 슬그머니 철회했다. 그러나 미봉책일 뿐이었다.

8월의 뜨거운 태양이 내리쬐던 날, 회사 정문에 대문짝만하게 '폐업 공고문'이 붙었다. 사장은 이미 해외로 도피했고, 임원 대부분은 얼굴조차 내밀지 않았다. 회사 건물에 전기가 들어오지 않아서 암흑세계였다.

'하도급 업체가 아니라 본 회사에 들어왔다고 그리 좋아했는데. 일하고 공부할 수 있어서 더없이 행복했는데. 이토록 쉽게 무너지다니. 온몸이 부서지라 일했고, 가발 수출로 회사는 돈 많이 번 줄 알았는데. 자금이 부족해 문을 닫다니. 이럴 수 있단 말인가!'

땅속으로 꺼져 들어갈 것 같았다. 한없이 서글프고 서러웠다. 잠깐이지만 일하고 공부하며 누리는 행복을 누군가 시샘하는 것 같았다.

즉각 노조 집행부 모임이 열렸다. 폐허나 다름없는 회사 마당에 모였다. 노조위원장이 나와 마이크를 잡았다. 사장의 방만한 투자와 경영 부실로 인한 문제점 등을 조목조목 집행부원들에게 알려주었다. 다시 회사가 돌아갈 때까지 한마음으로 투쟁할 것을 간곡히 말한 뒤 선창했다.

"우리는 이대로 물러설 수 없습니다. 회사는 즉각 폐업을 철회하십시오."

"우리는 이대로 물러설 수 없습니다. 회사는 즉각 폐업을 철회하십시오."

우렁찬 목소리가 하늘을 찔렀다. 벼랑 끝에 선 노동자들의 외침에 하늘도 노했는지, 밤새 거센 비가 내렸다. 노조 위원들은 비를 맞으면서도 자리를 뜨지 않았다.

사흘이 지나도 회사 측에서는 아무런 반응이 없었다. 그뿐만 아니라 세상 사람들 역시 우리 목소리에 관심조차 없었다. 극단의 조치가 필요했다. 도시산업선교회 분들의 도움이 컸다. 노조가 나아가야 할 방향에 대해 나침반이 되어 주었다. 투쟁하는 짬짬이 머리를 맞대고 논의한 결과, 최고의 방법을 찾았다. 이 방안만이 우리가 살길이라는 생각이 들었다. 나도 모르게 주먹을 불끈 쥐었다.

"오늘 밤부터 신민당사에서 투쟁할 것입니다. 동지 여러분 함께 합시다!"

노조위원장의 외침 뒤, 조직부장인 내가 나섰다.

"신민당 국회의원들이 힘을 실어 주기로 약속했습니다. 목숨 걸고 싸워야 합니다. 한 명도 이탈하지 말고 함께해 주십시오."

신민당사로 옮기자, 많은 사람이 관심을 가졌다. 놀랍고 신기했다. 심지어는 뉴스에서 자주 보던 당 대표가 나와 노조원들을 위로하고 힘이 되어 주겠노라 약속했다. 당 대표가 다녀가자, 언론에 대문짝만하게 기사가 났다. 수고한다며 일반 시민들도 간식과 음료수 등을 주었다. 농성장이 아니라 축제 무대 같았다.

"언니, 꿈만 같아! 다시 회사 돌아가겠지. 밤에 학교도 계속 다닐 수 있고."

진숙은 어린아이처럼 좋아했다.

"이번 기회에 사장이 해외 나가 호화 생활하고 부실 경영으로 날린 모든 것 다 토해 내게 해야 해."

열성 노조원은 두 주먹을 불끈 쥐며 단합을 강조했다.

"역시 신민당사에 들어오길 잘한 것 같아. 정치의 힘이 무섭긴 해. 아무도 관심이 없더니 국회의원이 나서니까 신문에 우리 얼굴이 대문짝만하게 나잖아."

다른 노조원의 말에 서로 손바닥을 마주치며 환호성을 질렀다. 너무 일찍 승전가를 부른 대가가 검붉은 피를 부른다는 것도 모른 채.

금방 회사 측으로부터 사과와 함께 폐업 철회가 이루어질 줄 알았다. 꿈이었다. 사흘이 지나도록 개미 새끼 한 마리 나타나지 않았다. 국회의원 말대로 이루어지는 일은 아무것도 없었다.

8월의 밤은 낮만큼이나 후덥지근했다. 바람 빠진 풍선처럼 낙심한 노조원들이 초조해하기 시작했다. 조직부장을 맡은 나로서는 어떡하든 분위기를 살려야만 했다. 무대 앞으로 나가 마이크를 잡고 '진주난봉가'를 불렀다. 노조원들의 사기를 높여 주고 싶어 못 추는 엉덩이춤까지 추었다. 가끔 손뼉을 치는 소리가 들렸지만, 내 맘처럼 흥을 돋우지는 못했다.

암담했다. 그러나 이대로 물러설 수는 없었다. 노조위원장과 임원들은 머리를 맞댔다.

"죽으면 죽으리란 결심, 잊지 않았지요. 오늘 밤 다시 한번 불을 지핍시다. 결의문 낭독과 함께 고향에 계신 부모님께 드리는 인사의 자리를 마련하도록 하지요."

나는 일기를 쓰던 마음으로 결의문을 준비했다. 그동안 위원장은 시름에 젖은 노조원들을 달래며 이벤트를 준비했다.

거리에 내쫓겨 오갈 데 없는 우리는 이제 정상화가 아니면 죽음이라는 각오로 백여 명의 노동자들은 다음과 같이 결의한다.
관계 부처는 이 문제를 이제는 지연하지 말고 즉각 해결하라!
우리의 정당하고도 정의로운 요구가 관철되지 않는 한, 이 자리에서 한 발짝도 물러서지 않을 것이다!
어떠한 죽음도 불사할 것을 엄숙히 결의한다.

지치고 힘들어하는 노조원들을 독려해서 자리를 갖춘 후 내가 마이크를 잡았다.
젖 먹던 힘까지 다해 '결의문'을 낭독했다. '죽음'이라는 문구를 읽을 때, 온몸에 전율이 일었다. 그 순간, 나도 모르게 손가락을 깨물었다. 붉은 피가 철철 흘렀다. 낭독문 종이에 '단결, 투쟁'이라는 혈서를 썼다. 그러곤 노조원들 앞에 힘차게 흔들어 보이며 외쳤다. 상처 난 손가락에서는 여전히 피가 흘러내렸지만, 아랑곳없었다. 아파도 아플 수 없는 순간이었다.
"여러분! 단결, 투쟁합시다."

"와! 조직부장이 혈서를 썼다!"

노조원들의 웅성거리는 소리가 들렸다. 시든 배추처럼 널브러져 있던 노조원들이 활화산처럼 일어섰다. 다시 열의가 되살아나는 분위기를 틈타, 위원장이 나섰다. 단호하면서도 결의에 찬 목소리로 외쳤다.

"여러분 앞에 간단하게 제상을 마련했습니다. 죽음을 불사하고 우린 투쟁의 길에 나섰습니다. 가장 마음에 걸리는 것은 고향에 두고 온 부모님입니다. 마지막 인사가 될지도 모른다는 생각으로 각자 인사를 나누겠습니다. 그리고 바로 옆에 편지지와 봉투를 준비했습니다. 조용히 편지를 쓰는 것으로 행사 마무리하도록 하겠습니다."

노조원 모두 숙연한 자세로 준비된 제상에 인사를 한 뒤, 편지지를 들고 자리에 앉았다. 누군가는 소리를 내 우느라 편지지가 흠뻑 젖는가 하면, 진숙은 멍하니 앉아 하늘만 바라보고 있었다.

난 왠지 엄마에게 편지를 써야 할 것만 같았다. 무엇보다 노조 활동을 열심히 하는 노동자들 집으로 회사에서 편지를 보낸다는 이야기를 들었기에 마음이 급했다. 노동자들이 빨갱이들의 사주를 받고 투쟁한다는 식으로 부모님께 편지를 쓴다니. 순박한 엄마가 그런 편지를 받으면 쓰러질 것이다. 기가 막힐 일이다.

보고 싶은 엄마에게

내가 거주하고 있는 이곳 YH무역은 아주 큰 회사랍니다. 돈 많은 사장은 미국으로 도망가고 없고 임원들은 자기들만 잘살겠다며 우리 노동자들을 거리로 내쫓았어요.

회사 문을 닫겠다며 폐업 공고까지 내 버렸답니다. 그래도 저희 노동자들은 비록 힘은 약하나 하나같이 똘똘 뭉쳐 투쟁하고 있습니다. 우리 회사 사장은 수단과 방법을 가리지 않는 나쁜 사람이어서 무슨 짓을 저지를지 모릅니다. 절대 회사에서 보내는 편지는 믿지 마시기를 바랍니다.

1979년 8월, 엄마의 딸 경숙 드림

편지를 쓰는 내내, 아버지 기일에 찾아뵙던 일이 주마등처럼 스쳤다. 그때는 엄마 걱정할까 봐 나쁜 이야기는 눈곱만큼도 안 했다. 실은 나 역시 회사가 이토록 악덕 기업일 줄 몰랐다. 일이 힘들고 월급이 적어도 미래를 바라볼 뿐이었다.

"편지는 임원단에서 일괄적으로 보낼 것입니다. 일단 오늘은 결단식도 했고 이벤트도 진행했으니 잠시 쉬도록 하겠습니다. 내일 또 투쟁하기 위해 힘을 저축합시다."

노조위원장의 마지막 말이 끝난 시각이 11시 30분이었다.

신민당사에서 제공해 준 강당에 각기 흩어져 쪽잠을 잤다.

언제까지 가두 투쟁을 해야 할지 막막했다. 피곤했지만 잠이 오지 않았다.

'엄마는 내가 데모라는 걸 할 줄 꿈에도 모를 텐데. 딸이 큰 회사 다닌다고 동네 사람들에게 자랑할 텐데. 회사가 빈 껍데긴 줄은 모르고. 엄마를 위해서라도 열심히 싸워야지. 강철 속에서도 핀 민들레처럼.'

껌딱지처럼 늘 내 곁을 지키는 진숙도 마찬가지인 듯, 뒤척이다 말고 구시렁거렸다. 진숙은 고향 어디서나 볼 수 있는 채송화를 닮았다. 그래서 더욱 안쓰럽다.

"언니, 사는 게 참 징하다! 우리가 뭘 그렇게 잘못했기에 이런 일을 당해야 하는 걸까? 속옷도 못 갈아입고 이게 뭐냐고. 땀 냄새 때문에 미칠 것 같아. 사장이란 작자는 미국 별장에서 유명 배우처럼 산다며?"

진숙의 말에 대꾸조차 못 할 만큼 힘들었다. 혈서 쓰느라 깨문 손가락이 뜨끔거리며 아팠다. 미열도 나고 온몸이 쑤셔 왔다. 불현듯 고향 철로에 피었던 노란 민들레꽃이 거대한 화물차에 치여 죽는 환상이 보였다. 온몸에 소름이 돋았다.

'힘내야 해! 약해지면 안 돼!'

다짐하지만, 자꾸만 눈물이 앞을 가렸다. 진숙의 말처럼, 내가 무얼 그리 잘못해서 혈서까지 써야 한단 말인가!

이런저런 생각을 하며 뒤척이다 까무룩 잠이 들었다.

시원한 바람에 등줄기 땀을 식히려 몸을 뒤척이는데, 분위기가 묘했다. 당당. 탕탕. 군홧발 소리가 들렸다. 꿈결인가 싶어 눈을 비

벼다. 잠깐 시계를 보니 새벽 2시였다. 쥐새끼조차 깊이 잠들었는지 사방이 고요했다.

"101호 지령이다. 농성 중인 노동자 모두를 체포하라!"

굵직한 목소리로 내지르는 명령에 자고 있던 노조원들이 모두 깜짝 놀라 잠에서 깼다. 경찰들에게 기습적으로 포위된 상태였다. 파렴치한이 따로 없었다. 나도 모르게 노조원들을 향해 외쳤다.

"옥상으로 뛰어!"

혈서를 썼던 손으로 동료들의 등을 떠밀었다. 손가락에서 더 큰 고통이 느껴졌다. 죽을힘을 다해 옥상을 향해 달리는 동료들 모습을 보자, 억장이 무너졌다. 배신감. 누구랄 것 없이 원망스러웠다. 그토록 안정과 대책을 힘주어 말하던 국회의원 나리들은 지금 단잠에 빠져 있을 생각을 하니, 분노가 하늘을 찔렀다.

철통 방어벽을 뚫고 신민당사 옥상에 올랐다. 어느새 등줄기에 땀이 흥건했다. 그나마 180여 명의 동지가 함께라는 생각에 힘이 났다. 그들이 있어 1000여 명의 경찰 앞에 설 수 있는지 모른다. 우리는 스크럼을 짜고 하나가 되었다. 경찰들이 떼어 놓으려 안간힘을 써도 떨어지지 않았다.

모든 일에 내가 앞장설 때가 많았다. 위원장은 총괄 지휘와 관리만으로도 벅찼다. 나는 몸을 사리지 않았다. '인간다운 삶'을 위한 투쟁이므로.

"우리는 어디로 가란 말인가! 배고파 죽겠다. 폐업 철회하라!"

나는 피를 토하듯 외쳤다. 사투였다. 뒤이어 동지들의 우렁찬 목소리가 적막을 깨고 울렸다. 동지들의 외침은 절규이자, 눈물이었다. 생존을 위한 몸부림은 누가 시키지 않아도 절절했다.
"밀린 임금 지급하라! 경영 부실 책임져라! 폐업 결사반대!"
나의 선창에 동지들도 파도 타듯 구호를 외쳤다. 우레와 같은 함성이 새벽 공기를 타고 울렸다. 나이 어린 노조원 가운데 몇몇은 훌쩍이며 모깃소리를 냈다. 그럴 때마다 지부장이나 선배들이 어깨를 토닥였다. 반복해서 구호를 외쳤다.
경찰들이 물 대포를 쐈다. 한쪽에서는 몽둥이로 동지들을 때렸다. 성난 하이에나가 따로 없었다.
우리는 아랑곳없이 외치고 또 외쳤다. 성난 하이에나들의 공격이 극에 달했다. 의자며 책상 등을 닥치는 대로 던졌다.
동지들을 짓밟는 것도 모자라, 사지를 잡아 비틀었다. 땀에 젖은 브래지어를 드러낸 채 울부짖는 진숙을 보자, 내 가슴에서 열꽃이 피고 졌다.
"노동자도 사람이다. 개나 돼지 취급하지 마라. 노동자 인권 보장하라!"
두려움 속에서 외치는 나의 선창에 옥상은 눈물바다가 되었다. 그럴수록 경찰들의 눈빛이 무섭도록 빛났다. 푸른 제복의 남자가 나를 주시했다. 그의 눈빛은 살모사를 닮았다.
집요한 눈빛에 몸이 녹아내릴 것 같았다. 더 버텨서는 안 될 것 같았다. 전진을 위한 후퇴였다. 무작정 도망쳤다.

"저, 빨갱이 년 잡아! 죽여 버려!"

서너 명의 경찰이 필사적으로 나를 쫓았다. 젖 먹던 힘까지 다했다. 달리다 보니, 벼랑 끝이다. 눈앞이 캄캄했다.

"이대로 죽을 수는 없어! 죽지 않을 테야!"

나는 악다구니를 썼다. 푸른 제복의 경찰들도 독 오른 개처럼 달려들었다. 어둠 속에서도 그들의 살기가 느껴졌다. 정말 죽을 수도 있겠다는 생각이 들자, 이상한 오기가 생겼다.

"배고파 못 살겠다, 먹을 것을 달라! 체불 임금 지급하라!"

나는 두려움을 감춘 채, 우렁차게 구호를 외쳤다. 희부옇게 밝아 오는 불빛이 내 편이 되어 주길 빌며.

'진실·화해를위한과거사정리위원회 진실규명 결정'
YH 노조 김경숙 사망 관련 조작의혹 사건

【결정사안】

YH노조 여성 노동자들이 신민당사에서 농성하던 중 경찰의 진압 과정에서 김경숙이 사망한 사건과 관련하여 국가권력이 김경숙의 사망 경위를 은폐하고 YH노조 여성 노동자들과 신민당 관계자, 언론인들에 대하여 중대한 인권 침해 행위를 범했다는 사실을 확인하고 진실 규정으로 결정한 사례.

작가의 말

미지의 땅 하와이에서 독립운동가가 된 '사진 신부', 희경
빼앗긴 나라를 되찾으려 3·1운동에 앞장선 '통영의 기생', 국희
암울한 시대를 밝히며 앞서 나간 대한민국 1호 '여자 변호사', 태영
광주 4·19혁명의 한복판에서 '금남로의 잔 다르크'가 된 여고생, 진숙
차별과 부당함에 맞서 정의를 외치다 희생된 '들꽃' 같은 노동자, 경숙

당차고, 정의로우며, 열정적인 '역사 속 다섯 명의 여성'을 그렸습니다.
역사는 우리 모두의 '거울'입니다. '과거의 거울' 속에 비친 사건

과 인물을 통해 오늘을 조명해 보고 싶었습니다. 빼앗긴 나라를 되찾기 위한 독립운동, 노동자의 인권을 보장받으려 했던 노동운동, 사회적 약자를 위한 인권운동 등을 하다, 차별받거나 희생당한 여성들의 삶에 생기를 넣고 싶었습니다.

오늘 우리가 누리는 자유와 평화 그리고 민주주의가 저절로 이루어진 것이 아님을 알리는 일. 역사 속 다섯 명의 여성을 모티브로 소설을 쓴 이유입니다.

다섯 명의 삶을 소설로 풀어내는 작업은 행복했습니다. 숨은 진주를 캐내어 맑은 물에 씻고 마른 수건으로 닦아 빛을 발하게 한다는 뿌듯함마저 느꼈습니다.

이 글을 읽는 독자들도 뜨거운 가슴으로 주인공들을 만나셨으면 좋겠습니다.

재미와 의미가 깃든 소설이면 좋겠습니다.

어려운 시대에 쓴 글이라 더욱 애정이 가는 작품들입니다. 많이 사랑받는 책이길 빕니다.

특히 중학생이 된 '오아민'이 재밌게 읽어 준다면 더없이 기쁠 것 같습니다.

언제나 좋은 책을 발간하는 서해문집에 감사드립니다.